真・保守宣言 Sくんのコラム漫遊④

篠原昌史

元就出版社

まえがき

三月に東北・関東が大地震と大津波に襲われ大震災となりました。生まれて始めて震度六を体験しましたが、これほどの大災害になるとは思いませんでした。TVにはまだ、二万数千人の犠牲者及びその残された家族十数万人の避難者、職を失った人々の悲惨な状況が映しだされ胸が痛みます。また、見えない敵、福島原発の放射能の被害者に同情するとともにその放射能と闘いながら原子炉周辺で復旧に努力する「戦士」たちの使命感には敬意を表したい気持ちです。

震災発生後二ヵ月が過ぎ、全国民にはようやく元気を出して普通の生活を指向しよう、そして国の復興を目指そうという空気が出始めました。筆者もその気持ちになって一旦中断していた出版作業を急ぐことにし、冒頭に震災で感じたことをまとめた次第です。

この種の出版を何度かしましたがこれまではコラム主体でした。コラムの場合は簡潔に結論が出せるので読者には分かりやすかったと思いますが、書く側にとっては言いたいことの半分も盛り込めない欲求不満がつのります。

　今回は主として論文形式にした結果、ややくどい文章が多くなった感じはしますが、ここで短文に短縮しなおす時間もないので、そのまま日記形式にまとめることにしました。同じ課題についても月日が経てば当然新しい情報が入ります。関心が大きく数回取り上げた案件がありますが、事の基本が変わらないので内容にかなり重複が見られます。しかし一部分をカットして論文を組み立てるのが難しいので、あえて重複を承知のまま載せた文章がありますがご容赦ください。


　本書では二〇〇九年の九月以降の出来事を扱いましたが、たまたまそれは政権交代のタイミングでした。筆者は民主党支持ではありませんが一応新しい政治に期待した一人でした。しかし正直いって今は裏切られた気持ちです。たゞ議会政治の発展のためには、民主党が二大政党の一翼としてもっと国民に信頼されるよう成長する願いは変りません。

　筆者はジャーナリストではないので直接取材はしません。本書はメディアと各種刊行物の情報から筆者の考えを整理したものです。政治、経済、スポーツなど各領域に各人各様の意見があるのは当然です。筆者として読者に私見を押しつける気持ちはさらさらありません。世の中にこういう意見もあるということでご理解していただければ幸いと思っています。

　直近の政治の動きの激しさにはとても付いていけません。すでに陳腐化してしまった情報がかなりありますが、時代の検証という視点で目を通していただければありがたいと思っています。

出版について種々お世話になりました元就出版社浜正史社長及び関係者の方々に厚くお礼申し上げます。

平成二三年五月

緑園都市　壬生にて　篠　原　昌　史

真・保守宣言——目次

今のままで国を守れるか
民主党政権の安全保障政策に疑問　79

政界アラカルト　109

スポーツを楽しむ〔二―プロ野球ファンとして〕　185

真・保守宣言

Sくんのコラム漫遊④

序にかえて——

東日本大震災に思う(I)

一、はじめに

福島原発のトラブルは三週間経った今も収束する気配は見えない。毎日震災の規模の大きさを映像で見るたびにその残酷さと悲惨さに胸が痛む。最初は東京電力(以下、東電)独自で解決させる方針が、とてもじゃないということで国が乗り出したが、ここにきて海外からの援助を依頼することになった。原発先進国フランスからは大統領も来日され、有名なアレバ社がCEO以下数十名駆けつけて解決に助力してくれるし、アメリカからもその道のベテランが来日して高放射能の水の処理について指導してくれるとのこと。

原発推進政策をとる米仏両国にとって福島原発の解決は国策上必要と考えての援助と思うが、ここまでくれば外国の知恵と経験を借りて、とにかく三年でも五年でもいい、一日も早く解決の目処《めど》を立ててもらいたいものだ。

二、現場で頑張る「戦士」たちに心から感謝

連日被災地の復興や目に見えない敵、放射能と戦う自衛隊、消防、機動隊や東電（下請けを含む）社員の苦労を見聞すると頭が下がる。東電に対してはいろいろ注文はあっても社員には被災者も大勢いるようだし、今、死に物狂いで放射能と戦う管理職や職員、それに下請けの作業者の使命感には心から敬意を払いたい。中には被曝限度まで徹夜で頑張っているリーダーもいるという。彼らは宿泊所も与えられずに職場に毛布一枚で雑魚寝、食事も毎日二食、入浴もできない過酷な労働環境と聞く。驚いたのは線量計も流出したため、作業員には充分行き渡らず監督者だけの場合もあるという。各人の動きは当然異なるからそれぞれが携帯しなければ意味がない。他の原発から持ってくるなどの対策はできなかったのだろうか。現場が緊急状態、混乱の極みで同情もするが、この点の再発は絶対になくして欲しい。

「国のために現場に行くことが家族を救うことにもなる」という自衛隊員や、「あなた、お国のために頑張って」とメールを返した妻もいた。福島原発には、本社の上司に「両親は行方不明です。しかし被災者である前に東電社員として最後まで戦います」とメールを送った女子社員がいたし、防災放送のマイクを持ったまま殉死した町の女子職員もいた。町民を逃退避させるため半鐘を鳴らして崖で津波に飲まれた消防団員。行方不明の両親を探せないまま被災者の救済に努力する自治体の職員や高校生。妻を亡くしたが率先して町の復興に身を捧げる町長。涙、涙の感動の物語だ。

彼らの使命感は国の非常時における国防意識そのものだ。筆者は多くの「戦士」たちが職場の責任を認識して頑張るこの気持ちの漲《みなぎ》りがある以上、日本の復興は必ず成功すると信ずる。

三、それでも当面、原発は止められない

我が国には石油、石炭もなく水力開発は限界。原発は国民生活を支える電源として重要な地位を占めてきたが、今回の災害でいかに温暖化防止の切り札であっても国内に反発が出たし、国際的にも批判の嵐だが当然の成り行きと思う。

国の発展には長期的にエネルギーの安定供給が必要だが、石油・LNGの寿命は五〇年だし、温暖化を犠牲にして寿命一〇〇年の石炭に回帰する案は国際舞台でどうだろう。風力・ソーラーなどは自然頼みだから安定供給とコスト高にまだ課題があるし、メタン系も寿命は一〇〇年で将来の主力としては力不足と思う。

悲惨な被災者の怒りは理解するが、原発の即停止は国民生活の破壊と産業の麻痺に繋がることも冷静に考えなければなるまい。新エネルギー開発の推進と並行して、原発についても国際協力の中で防災対策（特に津波対策と冷却システム）の強化に徹しながら次世代原発の技術開発は促進すべきだと思う（すでに緊急冷却に自然エネルギーを使う次世代軽水炉も検討されているという）。

しかし、この災害で原発の新設・増設は当面はできないだろうし、稼動についてもいろいろ難題が出るだろうが、政府としては原発稼動については一企業の問題としてでなく、たとえ国民の反対があっても、国の基本政策として国の経済と国民生活を守るため強い意志で取り組むことが必要であろう。

四、原発の津波対策

今回、マグニチュード九・〇という歴史的な巨大地震でも炉内に制御棒はうまく挿入され発電の停止に成功し、約三〇分非常電源は作動した。しかし、大津波に襲われて非常電源が死に冷却が制御不能になった。「大地震には耐えたが、大津波対策に甘さがあった」に尽きると思う。

例えば非常電源を揺れの少ない低い場所に設置していたというが、海水の侵入を防ぐ密閉策に齟齬があったのではないか。専門家たちはいくつかの改善策があったというが、諸々の関係で実施されなかったともいわれている。福島の一〇年後にスタートした浜岡原発は非常電源室に海水の侵入を防ぐ強固な扉を設けるなど、より進んだ対策を立てている。

ちなみに宮城県の女川原発も一八メートルの津波に襲われたが、一応健在で現在は避難所になっている。福島との津波対策の差を物語っている。

五、自治体の津波対策

三陸地方は明治、昭和の二回、大津波に襲われた。その教訓を生かして宮古市田老町では昭和五三年に高さ一〇メートル、長さ二キロメートル以上の防波堤が完成し、各家庭に防災無線を設置し、津波避難訓練などを実施して国際的に有名になった。あのチリ地震の時には、その防波堤が見事津波から町を守ったのだ。しかし残念だが今回は二〇メートルの津波という自然の猛威に屈した。

さて明治二九年と昭和八年の津波が海岸線に到達した時の高さは今回と同規模の約二〇メートルと推定されている（陸地での最高到達は明治は海抜三八メートル、昭和は二八メートル、今回も二七メートル）。田老町の計画に関係した学者、有識者や自治体は、この点についてどう認識していたのだろうか。廃墟になった自分の街に立って、「やや過信があった」といった田老町の被災者の呟きが悲しく耳に残る。

昭和五九年に岩手県普代村の当時の村長が「金がかかり過ぎる」という周りの反対を押し切って防潮堤の高さを一五メートルに決めたが（それでも二〇メートルより五メートル低い）、今回その防潮堤の効果で同村は死亡者〇、行方不明者一名だけの人的被害で街の中心部や集落を救った。防災にどこまで金をかけるかトップの決断の重さを物語る例だろう。

温暖化の影響か、地球の自然災害の規模は年々記録を更新しているから津波対策として過去の記録を超す意図で、単に土手と防波堤を含めた防災構築物を海抜三〇メートルに高くするというのではこれからの対策としては知恵がないと思う。今後都市計画や防災の専門家が慎重に検討するだろうが、例えば山を崩して高台をつくり、その上の街づくりなど発想を変えた長期計画が必要だろう。

今回いくつかの鉄筋ビルは残り、その屋上で命を拾った人が多い。将来、高台に広げる街角にも避難所になりうる高層ビルかプラットホームを適切に配置し、もし超大津波に襲われてもなんとしても死亡者をゼロにする方策を考えるべきだろう。

六、政府の食品放射能汚染の対応に疑問

福島原発の放射能汚染は農産物や飲料水まで波及した。政府は「直ちに健康に影響なし」という一方で、「出荷禁止」「摂取制限」と流した。一方、ＴＶでは専門家は全員「この程度では健康に心配なし」と解説する。この矛盾に市民は迷い、「そうはいってもいないのではないか」と訝《いぶか》るのは当然だ。政府こそ風評被害の元凶ではないか。

野菜への基準値はまだ暫定規制値の段階で、今回問題になった栃木産ほうれん草、六〇〇〇ベクレル（暫定基準値は二〇〇〇ベクレル）のものでも幼児で二〇〇キログラム、大人は一〇〇〇キログラム食べてやっと人体への危険域になる程度に過ぎない。水洗いすれば放射能は五分の一に減るから五トン食べても安心だ。人間は排泄するし、ＤＮＡは自衛的に体内の放射能を減らすからさらに安全域になる。筆者はほうれん草が大好きだが、せいぜい三日に一回とすれば年間に一五キログラム程度しか食べない。五トン食べるには三〇〇年以上かかるし、仮に三倍食べても一〇〇年かかる。

いったい基準値とは何だろう。あまりにも非科学的ではないか。これだけの安全率があるなら生産サイドとリスクとのバランスをもう少し配慮して、見直すべきではなかろうか。

政府の見解・指示と専門家たちの意見に差がある状況のまま放置することは、市民に不安が募るだけだ。専門家たちは各ＴＶ局で個人として「安全だ。心配ない」と解説するだけでなく、学会や協会など団体として政府に見直しを迫るべきではないか。

七、人間の問題

破壊された原発への最初の頃の放水は、普通の消防車を数台稼動させ数分ごとに交替する人海戦術だった。次に自衛隊のヘリが悲壮な覚悟で飛び、何度か七トンの水袋から放水した。被曝を避けるためホバリングなしで上空を通過しながら水袋を傾けるので水が風に吹かれて水玉になって広く散布されて効果は悪かった。無人ヘリを使えないかとすぐに思ったが、調べたら自衛隊の無人機は馬力が小さく使いものにならない。

次にデモ鎮圧用の警察放水車、自衛隊給水車、次いで無人で連続放水できる東京消防庁高圧放水車、最後にコンクリート用の五〇メートルの屈折したアームを持つ無人注入車のように、結果として効果の少ない方法から順番に高性能の設備を投入したことになった。

なぜ始めから高能率の注水法を採用しなかったのだろうか。東電関係者がその情報を知らなかったか。政府も知らなかったのだろうか。その設備を持つ組織から、なぜ提案がなかったのだろうか。あるいは提案したが「まだ待て」の返答だったのか。

炉への海水注水も廃炉を嫌う東電の企業防衛意識からの拒否で一齣《ひとこま》遅れたと報じられた。なぜかベントの遅れもあった。災害対策は時間との戦いだ。結果論になるが、これら初動の遅れが放射能トラブルを拡大させたと思われる。政府も懸命だったが、結果的に人災もあったといわれても仕方ない。

原子力安全保安院の職員が毎日何度か記者会見している。その役所は「原子力に内在するリスクを認識して的確に規制し事故やトラブルを未然に防ぐ。事故に際しては的確に対応し、発生防止、拡大防止に努め再発を防止する」ことが役割となっている。とすれば今回の災害についても、基本的な「津波対策の足らなさ」や現場での「冷却開始の遅れによるトラブル拡大」などについて当然責任があるはずだ。

その気持ちはあるのだろうが、もっぱらクールに状況を説明する広報活動に徹しているように感じる。もちろん広報活動も一つと役割と理解するが、会見で「――と聞いています」というような言い回しをたびたびするのは、対策の本流にはいないという第三者的な解説に感じてしまう。保安の元締めとして責任を認識したトップの出番がないのはなぜだろう。

もう一つ原子力安全委員会という組織があるが、当初に炉の冷却とベントの必要性を政府に具申したことは報道されているがその後はあまり表に出ない。これらの組織の役割とか責任はどうなっているのだろうか。

八、ロボットの導入

放射能対策として無人装置は誰でも考える。先述の高性能注水機器もその一つだろうが、本格的な無人装置の最初の活用としては、米軍の無人偵察機による破壊された建物上空の低空飛行での撮影だったが、最近は自衛隊の無人ヘリが撮影している。

ロボットの活用はできないものかと思っていたら、三月末にやっと米国のタロンというロボットが送られたというニュースが流れた。単純な作業は可能だろうから期待できる。

我が国で過去にも二〇年前の雲仙・普賢岳の噴火時に、危険区域の復旧工事には無人機器が活躍した。当時、あまり普及していなかったGPSを活用し、数キロメートル離れた操作室から無人トラック、無人ショベル、無人ブルドーザーで火砕流や土石流と闘って整地した。

今回、日本ロボット投入はちょっと遅れているが、日本のロボットはまだ耐放射線用のLSIを使用していないから汚染度の高い場所では使えないという話がある（原子力災害ロボットは、国で二〇〇〇年に三〇億円を投じて開発を始め、二〇〇一年以降試作機が六台つくられただけで打ち切りになっている）。日本ロボット学界などは、「今回の震災の対策と復興に対し、最先端ロボット技術の開発に技術者を総動員する」と声明を出したが一歩遅かった。

九、おわりに

一〇〇〇年に一度の大災害で政治家たちも与野党政治休戦をして復興に当たるという意思表示がなされたが当然のことだ。しかしまだ民主党の「子供手当」などマニフェストの見直しについて不透明さがありやや空転の感がある。民主党もこの際党内の派閥抗争を休戦すべきだが、小沢派は小沢氏を含め各支持者たちはひたすら菅批判に走っているし、菅首相サイドからも協力の依頼はあまりみえない。もちろん小沢氏のカネ問題は解決していないままだが、それを後回しにして全政治家が国の復興と福島原発の沈静化に当たる時なのにどうもはっきりしない。困ったものだ。

〔二〇一一年三月三一日〕

東日本大震災に思う（Ⅱ）

一、はじめに

ここのところ当地での余震も減った感じだし、関東地方の大気の放射能数値も安定しているので、ひと頃よりは落ち着いた気分になっている。

震災発生後二ヵ月近くなり原発の建屋内に始めて作業員が入って空気清浄機を取り付けた。その後に原子炉を安定的に冷やす冷却装置を設置する計画が発表された。ただ、現場の放射能は依然高濃度だから、作業者は決死の活動を強いられることに変わりはないだろう。被曝のトラブルのない作業管理に万全を期してほしい。

先頃、菅首相や東電の社長が避難所を訪れて避難者に土下座をして謝罪している映像が流れた。確かにこの両者は直接の責任者だから当然のことで、いくら頭を下げても済むことではない。しかし考えると、今回の震災に責任がある人や組織はこの他にもあるが、あまり表に出ないしメディアも厳しく追求しない。どうでもいいことかもしれないが少し考えてみた。

二、原発トラブルの責任は歴代政府にも

温暖化対策にもなる原発を国のエネルギーの根幹に位置づけて推進した政策は、資源のない国として当然だと思う。保守系政党ならどこの党でもそうしたはずだ。そこまでは間違っていないと思う。

東電はその原発の管理に際し、地震対策はともかく付随する津波対策の甘さで大きなトラブルを起こしたのだから責められるのは当然だが。そもそも原発の安全管理は東電一社で完結できるレベルでなく、国の指導の下で実施されるスケールの大きな課題なので国の責任は重いはずだ。

言い換えれば、今回のトラブルについては指導する立場にある政府及び経産省の原子力安全保安院や、内閣府の原子力安全委員会の責任は重いし、これらを含め種々の関連する組織に参画していた学者や有識者にも責任があると思う。もちろん東電もそのチームに参画したはずだから、その中で企業としてさらに厳しくと主張したか、逆にコストアップを理由に反対したかは知らないが、最終的に了解して実施してきた当事者として責任は免《まぬが》れない。

また、あらためていうまでもないが、これまで長年これらを指導・管理してきたのは自民党政府である。菅さんだけが針の筵に座らされるが、今回の原発トラブルの原因である安全対策、特に津波対策の甘さを長年見過ごしてきたのは自民党政府だ。自民党は自らにも大きな責任があることを認識しているだろうか、あまりその反省の弁はなく、菅さんに協力するよりも、どうも政局指向で動いているのはいただけない。民主党も政権交代後に特に安全管理について改定に着手する気配もなかったということは、要するに我が国の政府の甘さといえるだろう。

最近のTVで、「福島原発は海上からの荷揚げの便を図るために、わざわざ高台を削って台地を低くしてその上に設備した」ことを当時の設計者が残念がっていると報じたが、コストをかけて津波への防御を逆に弱めたのだから、これは専門家が津波の恐ろしさをいかに軽視していたことを示す例と思う。

三、津波の高さの予測ミス

東電は津波来襲で非常電源喪失、放射能漏洩という副次的重大災害を起こしたが、単なる津波災害についていえば気象庁の津波の高さの予測ミスが気になる。

五月二日に、南三陸町で最後まで町民に津波の来襲と高台への避難を叫び続け、遂に津波に巻き込まれた女子職員遠藤未希さんの遺体が見つかったという報道があった。彼女の最後の落ち着いた退避の呼びかけが繰り返し茶の間に流れたが、はっきりと「六メートルの津波が来ますから高台に逃げてください」といっている。確か筆者の記憶では、地震発生直後のTVで津波の高さは最高六メートルと予測されていたから町ではその情報を使ったのだろう。

しかし実際にはその三倍以上の二〇メートルの津波に襲われたのだ。彼女は二階の放送室から叫んでいたが、もし気象庁から二〇メートルでなくても一〇メートルとか一五メートルの津波とでも予告していたならば、町としてももう少し違った退避の呼びかけと行動をとったのではなかろうか。半数以上の町職員が死亡したといわれるが、おそらく「六メートルの津波なら二階からすぐ三階か屋上に逃げられる」と思ったのだろう。しかし実際には三階建ての庁舎はその直後に屋上まで波に襲われたのだ。

気象庁としては現在の技術で津波の高さの予測は難しいことかもしれないが、あまりにも過小な予測だったことが今回の大きな人的被害に繋がったと思えてならない。津波の高さの予測ミスは、決して天気予報のはずれと同レベルではないミスなのだ。

今回の津波は地震発生後海岸到達までに数十分かかった。現実に沖合には高速で海岸に接近しつつある津波の現物があったのだから、現在の各種の技術を駆使して到達時の波頭の高さについてもう少し精度を上げられなかったのだろうか。今後の課題として検討して欲しい。

この予側ミス（あえてこう言う）についてこれまで気象庁関係者の謝罪表明はなかったように思う。現在の自然現象に関する予測技術の限界を超えるかもしれないし、人類が自然に対していかに無力であるかということにもなるが、そこを司《つかさど》る人間にはやはり結果責任があるというのが今の社会の約束ではないか。今からでも気象庁からなんらかの謝罪があって然るべきではなかろうか。

〔二〇一一年五月五日〕

じつは五月一九日に気象庁長官が記者会見で津波の予報について不備があったことを認めた場面がＴＶで報道された。

東日本大震災に思う（Ⅲ）

一、菅首相、浜岡原発に運転停止要請

菅首相は五月六日に中部電力（中電）に浜岡原発の運転停止を要請した。今後三〇年のうちに浜岡原発地域に巨大地震が八七パーセントの確率で起きるという地震調査推進研究本部

（地震本部）の公表値と、福島原発の惨状を重ね合わせてあえて決断したのだ。浜岡原発の津波対策は、福島原発よりは非常電源の防水対策などで進んでいるといっても未だ不充分として対策中の段階だ。国民の安全を求める菅首相の要請を一応支持したい。たゞ海江田経産相とのすり合わせがなかったという話が本当なら内閣としての政治のあり方に問題を残した。この要請には法的拘束力はないが、中電は福島原発の状況を踏まえた要請なので大変に重いと判断して九日に受け入れた。

今回の要請について各方面からは批判が多い。中曽根元老は「決断を理解するが手続きが必要だった」、経団連米倉会長は「結論にいたるプロセスはブラックボックスでいかにも唐突」、当該地の御前崎市長は「なぜ浜岡だけなのか。他にも原発はあるのに」など。

同じ地震発生率の表については、福島地区ではMG七・四前後の地震で確率七パーセント程度以下（別の資料には〇・〇から〇・八パーセントという値もある）という低い数値が示されていたのにあの大地震になったこともあり、関係者の信頼度は必ずしも高くない。当の地震本部も「他の長期予測の発生率と同程度の信頼度はない」とか、「参考値だ」とか言葉を濁して責任回避の予防線を張っている。岡本行夫氏は、「確率だけで政策決定をするのは無茶だ。首相のひと言で世界の観光客は危険な日本を避けるだろう」と厳しい。

メディアに登場する評論家の大半は、「決断を一応理解するが民主主義なのに首相は何でもできるというのはおかしい。関係部署との意見のすりあわせが必要ではなかったか」という見解だった。

一方、閣内の玄葉大臣（民主党政調会長）は、「党の政調会に相談がなかった」と党内の批判派に格好をつけながらも閣僚として「首相の責任者としての決断はありうる」と理解を示したし、枝野官房長官は、「批判はあってもトップダウンで決断することはある。責任を持つものとして当然」と明言したが、政府・与党としての発言としては当然だろう。

この問題について諸々の手続きを踏むためにはどんな審議のプロセスとなるのだろうか。例えば、政府が原子力委員会や原子力安全委員会の助言を得て対策案をまとめ、業界団体の電気事業連合会と打ち合わせるなどがあろう。その間に政府内や与野党とのやりとりもあって極めて複雑、なかなかまとまらないように思う。審議が混乱の後で重大な異常事態での決断として多数決でなく文字通りトップの意志で決められても、その決断後政界やメディアで騒ぎは続くだろう。今回は公式の審議なしの決断だったから、むしろ空しい騒ぎを未然に防いだという見方もあるのではないか。

その確率の値は、信頼度はともかく現在の地震予測技術の限界の中での国の機関の公表値だからこれをどう扱うかは判断者（ここでは菅首相）の意志によると考える。

不幸にもここで巨大地震が起きれば菅首相の要請は歴史的な英断として評価されるだろうし、この要請をしないうちに浜岡で大震災が起きれば菅首相は各方面から「なぜ早く決断しなかったのか」と再起不能までに打ちのめされるに違いない。いろいろ根回しに動けば指導性がないと批判し、トップダウンで決断すれば民主主義に反すると騒ぐ。まあ評論するサイドとはこういうものだろう。

会見の中で、浜岡の運転停止だけが表に出たので唐突さが目立ったことは確かだが、記者の質問に答えるのでなく、最初から「この要請は浜岡の特殊環境を考えたもので、国としての脱原発ではなく他の原発の運転停止はない。浜岡も津波対策が完成すれば運転させる」ともっと明確に宣言していれば、少し違った流れになったのではなかろうか。

首相のひと言で国としての脱原発から電力のコストアップになり、当該地方ばかりでなく国として産業誘致にマイナスになるという憶測も飛んだし、さっそく国際的な脱原発の流れを読んだ投機筋が動いて石油価格が上昇したなど外国にも影響している。首相としてそこまでは考えなかったのかもしれないが、会見での発言内容を組み立てたスタッフにも再稼動の意思表明については明確さが足らなかったと思う。

二、国のエネルギー基本計画

一〇日に菅首相はエネルギー基本計画を白紙に戻すと言明した。三〇年後に原発の比率を五〇％にするというのが現在の計画だったが、今回の福島原発の惨状を考えると国の責任者としてそう言わざるをえないと思う。まだ具体的にどうするかは述べないが、世論では脱原発論がかなり派手で最近のメディアにもその傾向がある。しかし事はそれほど単純ではないと思う。冷静に考えなければなるまい。

原発運転の問題は安全対策、特に津波対策ではなかろうか。フランスのサルコジ大統領も、いみじくも「福島原発は地震でなく津波でやられたのだ」と筆者と同じ見解を示しているのは興味深い。東電は毎年の「原子力の現状」という報告書の中で地震対策は詳しく解説してきたが、津波対策についてはひと言の言及もなかったという。原発関係者がいかに津波を軽視してきたかという証しだろう。この基本的な思想を変えなければなるまい。

重要なことは地震後来襲する津波を想定した冷却システムを考えればいいはずだが、それには特別のハイテクでなく既存の技術の組み合わせでできると思うのになぜやられていなかったか残念だ。電源が低位置に設置されていたこともいただけないが、津波で押し流されたのでなく冠水で機能を失ったのだ。現在は水中で稼動できる機器もある。潜水艦の設備も参考になる筈だがどこの原発もそういう設備にはなってないようだ。

浜岡の津波対策が合理的に強化され、首相として自信をもって再稼動を宣言できる事態がくることを期待したい。

首相は原発の今後については具体的に発言しない。筆者は（Ⅰ）に記したように、化石燃料採掘には寿命があるから将来は自然エネルギー時代になるにしても、当面は力不足だからこの自然エネルギーの経済面・技術面の改善を進めるのと並行して、化石燃料発電の効率化と原発の安全化を検討しバランスをとるエネルギー計画を立てるしかないという立場だ。ただ自然エネルギーの中で地熱発電が、意外に経済性が高いらしく規模としても八〇〇〇万キロワットまで可能性ありとの情報がある。将来有望と期待している。結論としては原発の五〇パーセントという比率は減らすことになるだろうが、今後数十年の間、約二五パーセントは必要ではないかと思っている。

震災後四〇日の四月二二日の経産省の内部資料には「緊急安全対策の徹底で既存炉から電力を供給する」と明記して、今後も原発を電力の柱の一つとする方針を示している。経産省はもともと原発推進母体だったが、首相のエネルギー基本計画の白紙還元でもちろんこの方針も見直されるだろう。問題は見直しに際しては担当する組織の委員について誰が誰を選ぶかがポイントになる。経産省主体の人選ではすんなり原発推進会議になろう。

筆者は決して原発反対派ではなく上述の通り当面は必要との立場をとるが、基本計画を白紙に戻すなら審議する委員の人選法についても見直して公平な議論のできる場としてほしいと思っている。

五月一五日に民主党の仙谷氏がＴＢＳＴＶで「将来は自然エネルギー時代になるにしても当面原発は重要な地位を占める」という見解を述べていたが常識的な考えと思い安心した。

〔二〇一一年五月十三日〕

菅首相はサミットで我が国の、自然エネルギーについて二〇三〇年に二〇パーセントという目標だったのを二〇二〇年代に前倒しすると表明したが海江田経産相とのすり合せなしの発言のようで物議をかもしている。また原発を止めるとはいわないにしても原発の比率については明言を避けた。国内の空気を配慮したのだろうが、国の基本計画に関する姿勢の宣言としては曖昧で何となく場当たり的といわざるをえない。

〔二〇一一年五月二九日〕

政権交代初年生の躓《つまず》き

歴史的意義の大きい政権交代

民主国家にとって政権交代は珍しくないが半世紀ぶりの政権交代は我が国がやっと民主国家の大人になった証しで歴史的意義は大きい。ただ民主党は「国民が政策を選んだ」のでなく、「自民党の選挙前の党内の混乱、首相の統制力の欠如と自身の軽率な言動、党幹部のたび重なる不祥事、医療保険と年金処理の不手際などのオウンゴールによる自滅」による勝利と自覚し、マニフェストの再精査のほか、真摯に、将来の国家像と景気対策、財政再建計画を示す必要があると思う。

また意識的に避けてきたようにみえる外交・安全保障については、日米同盟を基軸としつつ諸外国に対しては「友愛」よりも「凛」とした姿勢を望みたい。

一方、自民党は長年の既得権意識を払拭して再生する機会だが、再興には派閥の領袖や長老は身を退く世代交代が必要条件ではなかろうか。

〔二〇〇九年九月四日〕

鳩山新内閣は途を誤らないよう望む

鳩山新内閣は党内各勢力分野に配慮して一応実力者を選んだようにみえる。ただ、高速道路無料化や八ッ場《やんば》ダムなど多くの首長が反対する難題を抱える国交大臣に、小沢氏に距離を置く前原氏を配したことに小沢・鳩山両氏の深謀遠慮を感じる。

安全保障についてははっきりしない。そもそも民主党は「日米対等を」というが、「現存する核の傘を含め、米国は日本を守るが、日本は米国を守らない」という非対等同盟をどう変えるつもりなのかまったく分からない。せめて「集団的自衛権行使を決定し、防衛予算を増額して日本防衛力を増大させる」ことが、「対等」への第一歩だが、その考えはないようだ。

北朝鮮の暴発の懸念や、中国の潜在的な脅威が増しつつあると考えられる現在、自国の防衛体制増強の意志のないまま、格好のいい言葉を弄《もてあそ》んでいるように思えてならない。

直近は「対等」を「主体性をもって主張する」という意味だと唱えるが、それは日本語で「対等」という意味ではない。麻生前首相は言葉のミスでたびたび酷評されたが、鳩山首相も言葉にもっと慎重であるべきだろう。

郵政民営化について見直しするようだが、「弊害の多かった巨大な官製金融の廃止が経済発展の基本」という民営化の哲学を殺《あや》めてはなるまい。亀井新大臣には早くも郵政民営化や金融政策について閣内で物議をかもす言動が見られるが内閣混乱のタネにならぬだろうか。時計の針が逆に回らないことを望みたい。

新内閣は荒海への船出だが、スタートの三ヵ月が勝負どころ。内外の情勢を慎重に精査して途を誤らないでほしい。

〔二〇〇九年九月二五日〕

民主党のマニフェスト強行策に懸念

一〇月一一日の下野新聞は県内首長のアンケートを報じた。

高速道路無料化には反対二四、賛成二、どちらともいえない五（保留三、無回答二）。ガソリン税廃止は反対二一、賛成二、保留七、無回答一。八ッ場ダム建設中止も反対一二、保留一五、無回答三で賛成はわずか一人だった。

栃木県に絡むダム事業である湯西川、南摩については反対と保留は八ッ場ダムと同程度だったが中止には全員が反対。霞ヶ浦導水事業についてはほとんどが保留だった。これまでのマスコミ情報から考えるとおそらく他県でも同じ傾向と思う。首長の圧倒的な反対は地方財政の混乱やCO_2の増加などを憂えたためだろうが、中央と地方のこの極端な意見対立は異常と思う。

民主党は選挙では圧勝したが、マニフェストにはこの点を含め世論の約半数が批判的だし、ここまで反対する首長は民意の代弁者なのだ。政府がマニフェストに拘《こだわ》ってこれら反対意見を冷たく無視すれば、地方政治の混乱から内閣へのボディブローに繋がるのではなかろうか。今は国を上げて不況脱出を図ることが最重要で、それには政府と地方自治体間の信頼関係は必須だ。政府は懇切な説明のほか、この際は若干の妥協も考慮すべきではなかろうか。

〔二〇〇九年一〇月一一日〕

鳩山首相の基地県内移設は解散を必要とする公約違反

鳩山首相は五月四日に沖縄で、「国外に基地を移設すれば抑止力が保てないから県内に移設をせざるを得ない」と公言した。同時に「これまでの認識が甘かった」と言い訳もした。しかし、それが本心なら首相としての資質を疑わせる発言だが真相はそうではなかろう。沖縄基地が日本だけでなくアジアの安全保障に必須ということは、関心ある高校生にも通ずる常識だから首相が認識しなかったはずはないと思うのだ。むしろ議会を支配すれば後で公約の変更も軽いと国民を甘く見ていたのではないか。

その場で、抑止力の意味するところをもっと詳しく説明すべきだったが、それがなかったので首相から突然「県内もあり」の声を聞いた沖縄県民の怒りの叫びとなった。

県外の多くの一般市民も、首相の発言を聞き呆れていると思う。さらにいろいろ突かれて「国外県外は党の公約でなく党代表の意見だった」と発言したが、首相として国民を愚弄する詭弁《きべん》で話にならない。本当にこの人に国政を託していいのだろうかと心配になる。

この一幕は海外での首相自身と日本の評価を下げただろう。七月に同時選挙で民意を問い直す必要のあるくらい重い公約違反だと思う。しかしその前に退陣もあろう。

〔二〇一〇年五月十日〕

鳩山首相の退陣に思う

鳩山首相はやはり退陣した。党の議員総会で「国民から見放された原因は普天間の迷走とカネの問題」と自己分析をしたがその通りだ。潔白と豪語してきた小沢幹事長にも「カネの問題あり」と示唆して道づれとし、さらに首相経験者として党内や政界に影響を与えるのを避けるため次期総選挙に出ないと宣言した。これは多くの首相経験者が在籍する自民党へのあてつけにもなるがとにかく最後の演説としては評価したい。

民主党はツートップの退陣で出直しを図る計画だが、自民党時代と同じ短命内閣に終わり、政情の不安定さは国際的に国の評価を下げたし国民の気持ちや生活を混乱させた罪は重い。

この責任は退陣するツートップだけでなく、強《したた》かな小沢氏の仕打ちを恐れてか、度重なる軽い発言をする首相に適切な助言をせずに裸の王様にしてしまった党幹部や中堅たち、すなわち党全体にあると思う。党の体質を基本から変えない限り先は見えない。党議員が古い体質の小沢氏にすがらないで動けるか、四日に選出される新代表が小沢氏との距離をどうつけるかが、政権支持率と今後の政治を左右するだろう。

その後、鳩山氏が引退の発言を撤回したのは各位ご存知の通り。

〔二〇一〇年六月三日〕

菅内閣は多難な船出・当面はお手並み拝見

菅新内閣は支持率のV字回復を果たした。国民は「普天間の迷走で示された頼りない前首相の退陣と、菅首相がツートップのカネの疑惑に対処して特に脱小沢を決心した」と好感を抱いたからだろう。新幹部は口をそろえて「小沢降ろしはありえない」と言い張るし、マスコミは「小沢降ろし」でなく「小沢隠し」と揶揄するが、筆者は「隠し」でなく堂々たる「降ろし」とみる。首相がいみじくも「小沢さんはしばらく静かにするのが本人にも民主党にも、そして国のためにもなる」とまで明言したことは、誰が考えても「小沢降ろし」だ。そこまでいえたことは首相の自信ともいえる。

しかし一方の小沢氏は、菅内閣を選挙管理内閣に位置づけて九月の代表選挙には対抗馬を立てるというが、菅首相へ反発したい気持ちは分かるにしても、党内実力者としてこの時点の発言としてはいただけない。菅内閣は党内にも「不発弾」を抱えることを明示したことになったからだ。

菅首相は普天間問題について日米合意に従うというが、沖縄では知事以下強硬な反対活動が続く。国防問題は民意よりも国の意志がポイントで、国の安全保障という崇高な目的を沖縄県民への援助と、負担軽減を絡めどう説得するのかが課題だが極めて難しい。

カネの問題をこれで幕切れにする考えなのか。早くも首相と幹事長は「小沢氏は幹事長を退くことでけじめをつけた」と議会での説明を回避する発言をしているが、その考えで国民は納得しないだろう。

郵政法案は有識者の指摘ばかりでなく、多くの一般市民さえ明らかに国営への逆行ではないかと疑っているのにどう応えるのか。

子供手当や高速道路料金、福祉の経費、消費税アップを絡める財政再建のロードマップは、どうなるのかなどなど難題山積みだ。

これらの諸問題への対応策が公表されてから内閣の支持率が評価されるのが常識で、今の支持率は新内閣への期待を込めた単なるご祝儀に過ぎないと思う。

当面は若干の期待を込めてお手並みを拝見という立場をとりたい。

〔二〇一〇年六月十日〕

参議院選挙で自民党は敵失で勝利

参院選で自民党は民主党のオウンゴールで勝利した。ちょうど先の衆院選挙の裏返しだった。菅首相の選挙直前の唐突な消費税提示がメディアでは大きく取り上げられたが、筆者は昨夏以来の民主党政治があまりにも期待はずれだったという負の実績が主因で、消費税問題はその後押しになった構図だと思う。

一、普天間問題

鳩山前首相の普天間問題での迷走後、菅首相は辺野古への移転を盛り込んだ日米同意の遵守を引き継いだものの、八月までの滑走路工法決定については現在まで口を噤《つぐ》んでいるし、選挙では沖縄に候補者を立てないで不戦敗。そもそも沖縄県民の同意なしに工法決定は不可能だ。問われた結果「決定」ということは専門家としての結論を出すだけという答だった。その案で将来実現するかどうかは別問題ということらしい。それは「決定」とはいえない。

二、カネの問題など

前首相と前幹事長のカネの疑惑について、国民はまったく納得してないのに首相は交代以来何も手を打ってない。さらに鳩山政権は各種のばら撒《ま》き政策（筆者はそう思う）についてカネは節減で出てくるから大丈夫だと言い続けたが、事業仕分けは世論には好評というものの、その金額だけでは効果は少なく財政再建の計画は不透明などなど。その他、高齢者医療保険制度廃止、高速道路料金無料化、子供手当の額などマニフェスト違反が続出して国民の不信をかっていたところに首相の消費税論が唐突に出たというわけだ。

議会を予算委員会もせずに閉じた傲慢なやり方も心ある国民の不信に繋がったと思う。首相交代のご祝儀相場で支持率がV字回復したので「今のうちに選挙だ」「やれる」と判断したのかもしれないが甘かった。

三、財政問題

さて我が国の財政危機については、「莫大な借金があるが、国民が債権者だからギリシャとは違う」という楽観的な見解もある。先のG20で先進国は二〇一三年までに借金を半減する申し合わせをしたが、我が国だけは「赤字が突出しているが国民に支えられている赤字なので除外する」ということになった。ラッキーというべきか情けないというべきか。

筆者は近い将来に消費税アップは必須と思っているが、すでに各社の世論調査でも約半数の国民はそう認識している。問題は「時機」だが、いずれにしても諸々の準備で年月がかかることは確かだ。

菅首相が「自民党が公約に謳う一〇パーセントを参考にする」と唐突に言い出したことに対し、「野党ならいいが首相としてはまずい」、「財務省に洗脳された」という批判が有識者に多い。

自民党からは「抱きつきお化け」と罵倒され、他の野党からは「消費税改定の前にやることがある」、「消費税を何に使うか不明」、「法人税低減の穴埋めにするのはもってのほか」と非難されたが、首相は「増税する」でなく、「与野党で討議をしたい」といったのだ。討議を他の政策と同時平行させるのが、なぜよくないか筆者には理解できない。各野党や有識者、さらに民主党の小沢派の反論は、首相のいう討議でなく増税実施への反論で、本来は論議がずれているが、これら反論がそのままメディアを含め正論になっていることが腑に落ちない。

とにかく消費税アレルギーに罹《かか》っている国民に対し、首相の立場で必要性を選挙前に公言した菅首相の勇気と正直さを筆者は評価する。

ただ、声高な反論に対し首相は一歩後退し、ある設定所得額以下の低所得者への消費税還付を言い出したが、還付すれば増税の効果が減少するので一〇パーセントへのアップではすまなくなる可能性が出る。その上、設定額を演説場所によって年二〇〇万から四〇〇〇万まで振れさせたことはまことにお粗末で話にならない。数字的な検討なし、党内議論なし、ただ思いつきで喋《しゃべ》っているのではないかと推測されても、仕方がない大きなミスで、ちょうど鳩山前首相が普天間問題で振れたのと同じパターンだった。まさに「菅、お前もか」だった。

消費税問題はその提示よりも、世論の反発を聞いてからの後退というか、数字の根拠なしの振れが、大きく民主党の評価を下げたと思う。

〔二〇一〇年七月一三日〕

民主党小沢前幹事長の代表選出馬に疑問

民主党代表選に小沢前幹事長が出馬することになった。鳩山前首相が党の分裂を恐れて挙党一致の旗印で菅・小沢の仲介に走ったが、具体案として小沢派を外した菅首相に対し、反小沢の要である仙谷官房長官や枝野幹事長の退任を要求したという。首相が拒否するのは当然で、受け入れれば菅支持派の前原氏ほかからの反発は必死だし、それは菅氏の政治生命に関係する重大な事柄だからだ。

最近、菅首相（組織のトップ）が小沢さん（部下）に会いたいといっても、返事がなかったらしいし、一方、小沢氏のコメントには「菅さんはきてくれなかった」という一幕があった。「トップが部下を呼び、部下が訪問する」のが常識と思うのだが、民主党の組織としての上下関係の異常さも理解できない。もっとも党というよりも小沢個人の異常さだろうが、それを許す組織にも疑問ありだ。

菅首相は「鳩山氏の挙党一致案をなぜ拒否したか」と問われた時、「挙党一致にはもちろん反対しません」、「私はすべて小沢さんのいうことでなければならないということはおかしいといった」と答えた。菅発言は代表そして首相として当たり前のことだが、これも党内における小沢氏の立場というか、力を物語る一幕だ。

結果として選挙は菅・小沢の一騎打ちとなる。しかし、小沢氏はまだ国民にカネ疑惑について説明責任を果たしてないし、今秋の検察審査会次第では強制起訴の可能性もある灰色の政治家だ。「立候補の大義・資格なし」とするのが大方の世論で、事実多くの調査では八〇パーセントがそう思っているが、小沢氏自身は早くも復権を企てるし、党内では大勢の支持者が動く。おかしな政党だ。

事実上の選挙戦が開始されたが、党は厳しい国民生活をそっちのけ、小沢、反小沢の票読みだけが関心事のようで、両派で文字通り権力闘争に血道をあげる様相ばかりが放映されウンザリだ。

円高と株安、さらなる不況への転落で特に中小企業は四苦八苦。しかし、政府は円高対策について「慎重に市場を見守る」の繰り返しが示すように、対策が後手後手になって国民の苦労をあまり感じない態度を示しているので政治不信は頂点に達している。

せめて両者で景気対策や普天間基地問題を含めた安全保障、財政再建など国の将来像について真摯《しんし》な論戦を闘わせてほしい。

〔二〇一〇年八月二十七日〕

民主党代表選挙では消極的に菅支持

一、小沢氏のカネ疑惑

菅・小沢の一騎打ちとなった。まず三ヵ月前にカネの疑惑で退任したその人が国民への責任説明責任をしないまま立候補したわけで、ご本人とそれを担ぐ支持者の倫理観に大いに疑問を抱く。政治評論家屋山太郎氏は「小沢氏に立候補の資格なし」と怒っておられる。検察の二度の不起訴結論は決してシロでなく、グレー（嫌疑不十分）とコメントしているのに、小沢ご本人はシロと言い張る。おまけに「検察審査会は素人の集まりだから」と見下げたコメントもしている。司法のルールを無視するとんでもない話だ。

彼は自分の秘書が三人も起訴されているのだ。秘書のしたことは知らないでは済まないだろう。すでにカネを渡したと認める建設会社もいるし、不可思議な度重なる口座の変更、記録の残る振り込みを避けてか、多額のキャッシュを運搬したなど理解しにくい行動が多すぎる。そこらの具体的に説明なしに、単なる記載ミスと言い張る小沢氏の疑問は解けない。

菅もこれまで野党からの攻勢に対し、「小沢氏は退任でけじめをつけた」と言い続けてきたので小沢氏の立候補資格まで厳しく追及したくてもできないのが事実だろう。小沢当選となると「禊《みそ》ぎ」が済むことになり、これが前例になって今後政治家のカネ問題の追及はしにくくなるだろう。しかし現在は小沢派の熱心な地方運動に関わらず、彼のカネ疑惑を懸念してか世論は菅支持が圧倒的。それが国民の感覚だと思う。

二、両者の争点

もともと両者は同じ党なのだから基本政策については差はないはずと思っていたが実はかなりの違いが出ている。選挙に敗れたグループが勝ったグループの政策に同意することは各人の政治哲学の変更を意味するくらいだ。

果たして選挙戦後、素直にノーサイドとなるのだろうか大いに疑問に思う。むしろはっきり別れて、政界再編成に進むのがすっきりすると感じている。

①基地と安全保障

菅は鳩山の日米合意をベースに沖縄と精力的に話し合うという意見だが、三ヵ前に引き継いだ現首相として当然と思う。非常に困難だが、我が国の現状と将来を考えるとそれしかないと思っている。

小沢は九月一日には、米国・沖縄両者に合意される腹案があるようなニュアンスで述べたが、二日には「知恵を働かせば良い案がでるだろう。しかし今はない」と修正した。「腹案」論議でミソをつけた鳩山の例があるので、誰かに修正を促されたのだろう。小沢の意見は「要するに白紙」ということで候補者としては無責任ではないか。

さらに小沢は米海兵隊不要論をぶった。海兵隊は日本ばかりでなく、アジア地域の安全保障（はっきりいえば、中国対策）の点からアジア諸国からも必要とされている。小沢論はアジアの軍事的緊張を無視する暴論ではなかろうか。

また、小沢は「我が国が自分で国を守る役割を果たせば米軍の役割も減らせる」といったが、それは独立国としてその通りだ。ただその場合は、当然我が国の防衛予算の増額が必要だが、彼はどのくらいの増加が必要かには触れない。少なくても先進諸国や韓国並みに三〜四倍に増加させなければなるまい。まさか米軍を減らした後も現防衛予算で国を守れるとは思ってはいないだろう。

②消費税論議

菅は参院選の時、増税についてはアップに際しては民意を問うが、議論は与野党で早急に始めたいという意見だった。国の社会保障費の増加に対しいずれ消費税のアップは避けられないし準備に期間がかかるので、今から議論を始めるのは当然ではないか。小沢派や一部のメディアは、菅がすぐアップするといったから参院選で大敗したと非難するが、菅はそういってない。メディアもなぜ、菅の発言を正確に伝えないのだろう。菅ももっと反論すべきだがなぜか頑張らなかった。

小沢の意見は、「消費税の議論まで封印しないが、政権維持の今後三年は上げない。トコトン節減を論議してからアップを考える」ということだ。筆者には、小沢と菅の意見は実質的にほとんど同じように思える。

メディアは小沢の「議論の封印はしない」というコメントに触れずに、当面のアップ反対のみを掲げて両者の差を強調しているのもおかしい。

経費節減についての小沢の発言はいただけない。「今まで俺は党側で、政府ではないからやれなかった」、「菅ではできなかったが、小沢が総理になれはできる」、「具体的な中味は今はいえない。総理になったらいう」との言い方は、候補者の発言としては話にならない。

③脱官僚

確かに菅政権の脱官僚は不充分。財務省に牛耳られているといわれるが、例えば象徴的な天下り禁止についても、「退職管理基本方針」や「官民交流促進のための諸措置」で現役審議官クラスまでの出向が可となり、実質的に天下りが保障されてしまった。現役での出向だから、復帰もありうるわけで現在より天下りがしやすくなったともいえる。

また天下りできない人を高級の専門職として残すらしい。公務員に定年まで仕事をさせて有能な人材を有効に活用することは確かに必要だが、給与は年間一五〇〇万円程度といわれる。民間の場合はおそらくその場合の給与は数分の一ではなかろうか。

これでは公務員優遇といわれても仕方がない。民主党は連合、自治労や日教組などの労働組合の支援を受ける政党だから、公務員の待遇を厳しく改定することに躊躇せざるをえないのかもしれない。

小沢派はここを突くが、どうも発言が抽象的で分かりにくく基本的には同じ民主党だから労組の支持から抜けられないとみている。

さて「脱官僚」が流行語になっているが、政治は政官の協同作業で進められるものと思う。官僚はその道のプロ集団だ。その能力を上手《うま》く活用することは政治にとって必須ではないか。過度の官僚排除、脱官僚呼ばわりは官側の政治不信に繋がる。政官に信頼関係のない政治は国民にとって不幸だ。バランス感覚が要求されると思う。

④マニフェスト

菅は財源不足から衆院選時のマニフェストの一部見直しを主張（すでに一〇年度予算でも子供手当てなど一部そうなっている）。一方、小沢は衆院選時のマニフェストに拘っている。しかし小沢は昨年、そのマニフェストに反してガソリン税維持を掲げて官邸に乗り込んでいるし、高速道路建設の財源確保のために高速道路料金無料化を試行にまで後退させている。自らがマニフェスト違反の実行犯になったのだ。まさかその行動を忘れはしまい。

財源の一案として小沢は「地方への補助金を削減して一括交付金にし、差額を財源に」という中で、中央が口を出さずに地方に任せれば三〇パーセント削減しても同じことができるという。しかし補助金には支出の決まっている社会保障費や教育関係費用があって、総額の三〇パーセント削減は現実として無理があろう。知事会は削減に反対し、一〇〇パーセントのままの交付金への転換を主張している。それでは財源にならないし、仮に小額の削減に萎むのならマニフェスト実行の有力財源にはなりえないと思う。

小沢は事業仕分けも予算の一律カットと同じだというが、項目によっては一〇〇パーセントカットもあったしカット僅少もあった。

小沢はまた「企業の法人税率を低減するなら、そのカネを社員の給与に回せ」ともいっている。法人税率の低減で国際競争力アップを図るべきなのにそれを否定するのはいただけない。

三、まとめ

両候補の政策に欠けていることは、中長期の国家像を掲げていないことだ。未曾有の不況をどう立て直すかについても、総論はあっても具体案は乏しいし、中長期的な憲法問題、財政再建、少子高齢社会での社会保障、教育、そして緊張する東アジアにおける安全保障問題、集団的自衛権、日米同盟、中ロ韓の諸国との外交と領土問題などはほとんど語られない。代表決定後、新首相は就任早々これらに関する基本的な意志を表明して欲しい。

確かに菅の指導力は小沢の過去の実績の示す腕力に比すれば劣る。しかし小沢の腕力には政調会の廃止、陳情の一本化などが示すように独裁的でカネを手にして辣腕《らつわん》を振るうという姿がみえる。

最後に筆者は「小沢がいかに実力者であっても、カネの疑惑が解決されない場合は総理になって欲しくない」という意見。指導力の点で不満があるが、消極的な意味で今回は菅を支持している。積極的な支持に応えられるリーダーを持たない国民は不幸だ。

そして経済大不況の今とはいわないが、近い将来には左右の寄り合う民主党が政策集団に別れ、他の政党を絡めた政界再編成運動が起きることを期待する。その後にレベルの高まった政党政治が始まるように思うからだ。

〔二〇一〇年九月九日〕

菅新代表は脱小沢の線を堅持せよ

民主党代表選で菅首相が圧勝で新代表になった。党員・サポート票で約五倍の大差がついたが、国民が小沢氏のカネ疑惑を許していない証しだ。世論調査の比率にほぼ等しかったことは興味深い。この大差が総合的な数字での圧勝に大きく影響した。

一方、ネット上での調査では小沢派が圧倒的に多く、小沢派はその数字を評価して期待していたようだが、ここまで選挙結果と乖離《かいり》したネット上の数字とは一体なんだったのだろう。今後のこともあるので、どこかで検証しておくべきではなかろうか。

さて、国会議員票は二〇六対二〇〇、六人の僅差で菅首相が勝った。世論と永田町認識の乖離が明白になったが、小沢派というよりも民主党として真摯に考えるべきではなかろうか。

小沢派松木議員は「まだ国民の誤解を解けなかった」と残念そうだったが、世論は誤解というよりも、むしろ知った上での「反小沢」だったと思う。

ＴＶに映される素人くさい小沢ガールズの言動からは、三ヵ月前にカネ疑惑で退いた人をなぜ首相候補に持ち上げるのかということに疑問をまったく感じない様子で、失礼かもしれないが彼女たちは「小沢教」という「宗教」の信者になった匂いもするくらいだ。

要するに管首相は「なんとしても菅を」という強い要望でなく「カネで灰色の小沢嫌い」と「短期的な首相交代の回避」という消極的支持に救われて勝利したと思う。

菅・小沢両氏も両支持派も口を揃えて今後は挙党一致というが、大幅に異なる両派の政策を足して二で割るような平均的政策では政治姿勢が不透明になる。菅首相が国会議員票をも僅差で予想に反して制したからには、前内閣組閣時に掲げた「脱小沢」の線を堅持して世論をバックに自らの政策を進めるのが正論だろう。

〔二〇一〇年九月一七日〕

菅新内閣に期待

一、脱小沢を評価

菅新内閣は仙谷官房長官、岡田幹事長体制で組閣が進められた。新鮮味がないという批判があるが、私は経験豊富な実戦内閣とみる。代表選挙での小沢支持者からは海江田経財相、大畠経産相、高木文科相への三大臣の起用しかなく、小沢派からの登用はゼロだったので、小沢派や多くのメディアからは脱小沢の論功行賞内閣との批判はあるが、世論バックに選挙に圧勝した首相としては当然の人事と思う。

　岡田幹事長は記者団の「脱小沢か」の質問に対し、「有言実行をモットーに組閣を考え、各派のバランスに関係なく適材適所を心がけた。小沢派は若手が多く経験者が少ないからこうなった」と釈明したが、未練があった原口総務相、山田農水相を更迭したし、例えば山岡氏とか松木氏など小沢派にも実力者がいるのだから、小沢派のいう挙党一致を受け入れるのなら、彼らの入閣もあるはずだがそうならなかった。明らかに脱小沢路線を貫いたとみるのが妥当な見方だ。党内であれだけ参院選の敗北の責任を追及されてきた脱小沢急先鋒の枝野氏を幹事長代理に留めたことにも菅氏のその思いを推定させる。

　菅氏はあるところで「トロイカ体制がとられればそれでも首相として居続けられるが、菅直人は死ぬことになる」といったらしい。本音だろう。世論も首相の脱小沢の心意気を理解してか支持率を大幅に回復させている。

　民主主義だから選挙に勝った以上、ある程度のバランスを配慮することはあっても勝者の政策を推進させるのが筋だ。菅流に徹すべきだろう。そして反対派も意見を戦わすことはあっても党全体としては菅政策に従うべきで、それがイヤなら離党するのが筋だろう。

　小沢派ではないが、小沢氏支持だった海江田大臣は「脱小沢人事でなく適切な内閣構成」といっている。早くも小沢派と一線を画している証しではなかろうか。

二、前原、北沢氏任命と片山氏の入閣

新内閣の第一の目玉は、地方分権に実績と見識のある片山総務相の民間からの入閣だが、彼は今まで民主党政策について必ずしも全面的には賛同してこなかった。今後どういう態度を示すのだろうか。例の郵政民営化についても閣内でどう動くのだろうか。まだ分からない。いずれにしても、実力者であるだけに内閣の目玉の一人として期待したい。

もう一人はタカ派の前原国交相の外相への横滑りだ。前々の鳩山内閣発足時に、筆者は当然外相になると思っていたが国交相となった。筆者はこの人事は「小沢氏が反小沢の大物が得意の分野で点数を稼ぐのを回避するために、別の分野を担当させた小沢流の戦略」という書き方（34頁参照）をしたが、今回彼の得意分野に就任したのでやる気マンマンだろう。

ただ彼は明白なタカ派だ。米国はさっそく日米関係の強化を期待して歓迎したが、中国は対中外交の強化への転換を予測して早くも警戒している。しかし、最近の対中国外交の弱さを是正するためにも前原路線を堂々と進めることは長い目で見れば両国の正常な関係構築のためにプラスだろう。

あたかも尖閣諸島沖での中国漁船との衝突事件が起きている。法治国家として粛々と処理して欲しい。中国側は「すべて日本の責任」といっている。ことさらに事を構えることはないが、事実は事実として厳しく彼らの非を追及してほしい。（92頁参照）。

普天間基地移設対策は国として焦眉の急だ。今まで完全に停滞してきたが、菅首相は「日米合意を前提に進める」と公約した。首相は現政策を継続して解決を急ぐために北沢防衛相を留任させたと思う。

直近の名護市市長選は一六対一一で基地反対派が勝った。一一月には知事選がある。ますます見通しは厳しくなる。しかし、政府はなんとしても沖縄県民に崇高な国の防衛という課題を理解してもらうために、最大限の援助を確約しながら努力をすべきだ。

この問題が進まないということは、一番気にしている危険な普天間基地の移設がいつまでもできないことを意味するということを忘れてはならない。

三、長妻氏の更迭
菅支持だった長妻大臣が更迭された。ある意味では政権交代の功労者でもあった。しかし性格的に厳しすぎたのかあまりにも官僚と対立していたらしい。官僚はその領域のプロ集団だ。政府が官僚の力を上手く活用してお互いの協力体制を機能させないと政治が上手く流れない。組織の管理運営・組織のトップのありかたについていろいろ考えさせられる人事ではあった。後任の細川大臣は省内で好感を持たれているらしいが、単に官僚に甘いということにはならないような適切な采配に期待しよう。

四、今後に期待
国の現状はまだまだ不景気で国民は苦しんでいるし、難題は山積みだ。捩《ねじ》れ国会の現状の中で政治の停滞を回避するよう野党とも議論を重ね、国民の生活を守るということに最大限の努力を図って欲しい。

自民党など各野党もいたずらに解散総選挙を狙うのでなく、是々非々に徹して、ひたすら国民の目線に立って行動して欲しいものだ。

〔二〇一〇年九月一九日〕

政治の停滞に呆れと怒り

一、概況

菅内閣が九月に発足した時には一応期待をしたのだが、その後三ヵ月、大風呂敷を広げた（菅首相が議会で認めた一幕があった）マニフェストは、予想通り財源認識の甘さで齟齬をきたし、子供手当、高速道路料金など（もともと世論の支持も高くない）も完全には実施できないし、公務員改革、政治資金規正など基本的な政策も後退、肝心の景気は回復はママならないというように、国民の期待を大きく裏切ってきた。

鳩山前首相が亀裂を入れた日米同盟について菅首相は同盟機軸を明言して修復を宣言したが、喫緊の普天間問題についての解決はまったく不透明のままだし、看板の事業仕分けも手法として評価される面はあるが、実質的には一七兆の削減目標に対し、わずか二兆円弱しか削減できず金額的には期待はずれだった。総合的に見て国民の期待を裏切るばかりで支持率は下落傾向を続けていた。

そこで起きた尖閣諸島での衝突事件では弱腰外交を露呈して国際的に評価を下げたが、特に我が国を対中国に対するアジアの指導国として期待していたアジア諸国の失望は大きかった。今後の発言権に影響が出ると思う。

そこへ衝突ビデオの流出事件、さらに柳田法務大臣の国会を軽視する失言と菅政権を揺るがす失態が続出。支持率は危険域の三〇パーセントどころか、二〇パーセントにまで下がりまさに末期症状を呈することになった。

APECの合間に開かれた日中首脳会談で傲然とした胡錦涛に比して、俯《うつむ》いてメモをたどる菅首相の映像に情けない印象を持ったのは筆者だけだろうか。何か自信喪失の首相といった感じだった。

二、柳田氏の更迭

柳田前法相はようやく更迭となったが数日遅かったと思う。いくら内輪の会合といえ、発言の内容をわきまえない大臣不適格者だったことは明らかだ。というよりも議員や政治家としての資質も疑わざるをえない。彼を大臣に推挙した参院のドン輿石氏とそれを認めた菅首相の任命責任は大きい。

ただ法相のこの発言は官僚が歴代法相に「アドバイス」してきた議会乗り切りの知恵だったのではないか。歴代の法相の答弁にもおそらくこの答弁があるのではないか。誰しもこの手の内を見せないで粛々と職務をこなしてきたのが実態ではなかろうか。

もちろん、この答弁が正解になる場合もあるから答弁そのものが悪ではないが、彼の発言のように「この二つの答弁だけを使い分ければ議会は乗り切れる」となると、まったく弁解にならないし歴代法務大臣にも失礼な話になる。

三、補正予算と問責決議

補正予算の執行は、その中身は充分とはいえないにしてもここにきては国民生活にとって重要だ。年内に少しでもカネが回るようにするのが議会の仕事と思う。しかし、自民党は補正予算審議の前に小沢氏の証人喚問、仙谷官房長官や馬渕国交大臣の問責決議をというが、あまりにも愚かな柳田法相の始末が終わって一段落したのだから、ここは一旦立ち止まって議会の正常な審議に戻るのが適切と思う。さらなる政府攻撃で議会を止めることはかえって自民党の評価を下げると思う。「仙谷官房長官や馬渕大臣の問責決議の扱いは補正予算決定後にしろ」という公明党の主張が正論に思う。

仙谷官房長官の「防衛省は暴力装置」の発言は、彼の反政府闘士時代に多用した用語をウッカリ使ったものと思う。彼の政治家としての歴史や現在の地位を考えると私は現在の彼の本心と思わない。野党は彼の他の失言のほか、尖閣衝突事件の処理がお粗末という理由で問責決議を考えているが、議会が暇な時期ならいざ知らず、課題山積の時に問責と息巻く自民党の言動の方こそを大人気ないと思う。

馬渕国交大臣の問責はさらに無理に思う。もっと重要な経済とか外交の議論をしてもらいたい。

四、証人喚問

自民党が補正予算を審議する条件にしている小沢氏の証人喚問をなぜ民主党は受け入れな

いのか。岡田幹事長は一兵卒たる小沢氏を説得できないし、菅首相も岡田任せの高みの見物。他の党員幹部や一般党員もこの点についてはまったく口を噤む。民主党という組織を疑う。

筆者は、小沢氏が刑事被告人なので議会に喚問しても新事実の聞き出しはほとんど期待できないと思っているが、ここまできたのだから問題処理の一つの象徴として実施すべきと思う。議会の権威にも関わることだ。

最近小沢氏は、裁判になる案件で議会で喚問されることは三権分立に反するからノーというが、三権分立議論以前の国民的な疑惑になっているのだから、それに応えるのが国民への義務と思う。やましい点がないというならなぜ出ないのか。ただ筆者は、この喚問も補正予算審議の後でよいと思っている。

五、まとめ
まず国民の生活に直結の補正予算審議、次に小沢氏喚問、そして仙谷・馬渕問責よりも議会での諸々の討議を！　といいたい。

〔二〇一〇年一一月三日〕

菅第二次改造内閣の意志を評価するが前途多難

一、脱小沢

菅第二次改造内閣が発足した。首相は官房長官に枝野氏を起用、岡田党幹事長留任、仙谷氏を党代表代行に据えた。党・内閣両面で脱小沢に徹したとみる。また、消費税、社会保障費を絡めた財政再建をねらって与謝野氏を経済財政大臣に起用、TPP積極派の海江田大臣を横滑りで経済産業大臣に任命したが、これは珍しく首相の決意を示した証しとして評価したい。TPPに慎重だった大畠大臣は本来なら更迭もあったのだろうが、鳩山派だから残して小沢派の動きを牽制したという見方もある。「さもありなん」だろう。

消費税については「上げる前にトコトンまで節減を見届けろ」という意見を唱える識者がいるが、いずれにしても社会保障費は自然増も莫大で経費節減だけでは補填し切れなくなることは確実といわれるし、税率改定には種々の準備のため年月がかかることを考えれば、今から税率改定を含め検討を始めなければ間に合わないと考える。

二、閣僚の入れ替え

与謝野氏の入閣については問題がある。彼はこれまでメディアでも自らの著書でも民主党政策を痛烈に批判してきたし、長年、反民主が政治のスタンスだったのだから政治節操の点で非難はあるのは当然だ。思想の転換について国民に丁寧な説明が必要だ。

本来ならば議員を退き民間人としての入閣が筋だったし、これからでも議員辞職の選択肢はあると思う。しかし、とにかく就任と決まった以上は、財政の第一人者として国の危機脱出にむけて民主党案に拘らず自らの信ずる最適案を策定して勝負してほしい。さらに、ばら撒《ま》きの批判のある民主党マニフェストの見直しについても取り組んで欲しい。

一方、自民党など野党もいたずらに感情的な拒否をせず国民の目で真摯に審議を尽くすべきだ。さっそく、与謝野大臣の問責決議をという議員もいたがいかになんでもそれは滅茶苦茶だ。決まった以上やらせてから対応するのが当然ではないか。

かつて反日デモに参加していたなどで不評をかっていた岡崎女史が更迭された。問責決議なしではただ一人の交代だったが当然だ。彼女には失礼だが首相もいい機会を得たと思う。

若い枝野官房長官の補佐役に藤井大老を任命した。「いまさら、なぜ老人を」という批判もあるがまだまだ頭の方は健在だ。経験浅く調整力に不安のある枝野新官房長官に適切なアドバイスを送るのではなかろうか。

法務大臣に前参院議長江田氏を起用した。これも異例だ。菅首相は与謝野氏、藤井氏の起用と合わせ三つのサプライズ、禁じ手を使ったが、現今の日本は全ての面で常識破りの奇策を打たなければ道は開けない危機状態になっている。その意味で、今回の第二次内閣改造には私は一応合格点を与えたい。

実際には参院を制する野党だけでなく、党内にも小沢派という大反対集団を抱えるので前途多難だが、とにかく全力を挙げて欲しい。

少し横にそれるが、脱小沢内閣だがその小沢氏がTVインタビューで何を語ったか参考までに紹介しておく。

彼はフジTVで「TPPに反対ではない。ただ農業へのセーフティーネットなしでの参加はよくない」といった。それなら政府と同じ意見で問題にならないはずだが、党内の小沢派の議員は露骨にTPPの参加について反対の狼煙《のろし》を上げている。小沢氏のニュアンスとは隔たりがあるが、司会者は大物には遠慮があるのだろうかその矛盾を突かなかった。

その場で小沢氏は例によって、検察で不起訴になったので自分はシロのはずなのに、検察審査会で強制起訴になることに異論を述べていた。検察はシロでなくグレーといっているのだ。政治家にとってグレーと噂されることは国民から軽蔑されることだが、彼は表面はまったく無視する態度をとっている。

また政倫審への出席についても三権分立からいっておかしいと不満を述べた。しかし国民は司法で扱われないことでも、彼の周辺にカネの疑惑を感じている。そういう点も司会者が鋭く聞き正せばいいのだが、いつもそれはない。TVの司会者はなぜ、大物に対してはいろいろな矛盾点を二の矢で突かないのだろう。

三、外交

日米関係の修復には努力しているが、普天間問題の進展のきっかけはまったくみられない。日米両国とも期限を決めないという。ということは、最悪の「当分は普天間がそのまま継続される」ことを意味するのではないか。

日中関係の改善はこれからの話。中国は覇権政策を変えないと思うから本質的に対立関係は続く。当面は日米韓で共同して、さらにいえば西欧諸国とも歩調を合わせて中国が国際社会で常識的な大国に変わるよう年月をかけて説得努力を続けるということだろう。言い換えれば、中国との外交には表向きは友好とかの表現が使われても、ホンネでは厳しい鬩《せめ》ぎ合い外交が続くとみている。前原外交には期待している。

四、まとめ
筆者は民主党支持派ではない。ただ決まる以上は何か期待する点もあろうと、菅第一次内閣発足の時には、一応エールを送ったがそれは裏切られた。今回はそうならないように願う。

本来、内閣は目指す国家像を憲法、安全保障や教育などに亘って国民に明示すべきだが、最近の政府にはそれがないが今回の内閣にもその点は欠けている。ただ今回は冒頭に記したように、財政再建とTPPについてだけでも意志を示したことは微かな救い。支持率のわずかなアップはそれに対し国民が期待した証しではなかろうか。与謝野大臣に対しては批判がある一方で、期待する大臣のナンバー3に位置づけられているのだ。

〔二〇一一年一月一七日〕

菅政権は末期状態

多くの国民に一応期待された政権交代だったが、わずか一年半経った現在、何かおかしくなっている。
一、マニフェスト違反
民主党はマニフェスト違反を突かれると必ず、「マニフェストは衆院議員任期の四年の間に完結すればよい」というが、政権発足後一年半、普天間基地の移設についての迷走を始め、歳出カットで十数兆円の金額を見出すといいながら大幅未達で、子供手当の額は半額、高速自動車道無料化もままならず、議員定数の減少は手付かず、公務員の削減や天下り規制も曖昧などなど、マニフェスト不履行があまりにも目立ちすぎる。

世界の状況が変わるからマニフェストは一〇〇パーセント実行されなくてもよいという意見もあるが、それで選挙の票を稼いだのではないか。マニフェストについて実施との乖離が余りにも大ということは政治家の詐欺行為になるのではないか。

二、不思議な「一兵卒」

一兵卒に下がったはずの小沢氏のカネ疑惑についても、首相は小沢ご本人や取り巻きの言動に対し、約一年に亘り毅然たる対応をとれず国民には呆れられている。小沢氏は秘書が三人も起訴され、ご本人も強制起訴になった。法はグレーを罰することはないから裁判の行方は専門家の予測ではシロが多く、党内にも「処分すべきでない」と言い張る取り巻き連中も多い。

しかし、彼には長い間、カネについては法的な問題以外に道義的な疑惑が絶えず、約八〇パーセントの国民が離党か議員辞職を求めている。強制起訴であっても起訴された以上は、これまで同じ条件に曝《さら》された党員と差別せずに判決が出るまで党として処分を続けるのがケジメではなかろうか。首相の意志さえあればこれほどのモタツキはないはずだが、ようやく党員資格停止という慣例より軽い処分にしかできなかった。

とにかくかつての党代表であっても、現在の上下関係をわきまえれば「現在の党の代表や幹事長が一兵卒に会見を申し入れて一兵卒が会うとか、会わないとか返事する」という構図は組織としていかにも滑稽ではないか。

党の無統制ぶりを象徴する現象だが、政府や党の支持率下降に大きく影響していることを党幹部や小沢派の議員たちはどう考えているのだろうか。

三、予算成立危うし（大幅譲歩必須）

予算案そのものは参院で否決されても三〇日後に自動的に成立するが、関連法案は参院否決なら衆院で三分の二の可決が必要だ。当初、公明党に協力を依頼したが拒否され、思想的には異質の社民党に秋波を送ったが色よい返事をもらえなかった。先日の国会で普天間関連議案の撤回を要求した社民党に北沢防衛相は明確に「ノー」と答えたので、社民党の協調は消えたのではなかろうか。各野党が政局指向に拘《こだわ》っているので、このままでは来年度予算関連法案の成立は危なく予算成立も黄色信号だ。

予算が成立しなければ赤字国債が発行できない。数ヵ月は税収などで自転車操業ができるし短期国債の発行という凌ぎはあるようだが、夏頃には財政は破綻する。首相は「世論が予算成立を妨げる野党を非難すること」を期待するのかもしれないが、菅内閣の支持率は二〇パーセン以下と極端に低いから世論もあまり菅首相を支えない。予算を通過させるには、例えば世論にも必ずしも支持されていない子供手当の見直しなど大幅な譲歩をして野党に協力を依頼するしかなかろう。それは党として残念だろうが、国民生活の混乱を避けるためにはやむをえないのではないか。

とにもかくにも公債発行特例法で財源を確保すること、日米同盟の維持のために普天間移設関連法案を通すこと、企業の国際競争対策として法人税率の低下は通さなければなるまいが、これには共産党・社民党以外の野党も反対しづらいのではないか。政府の頑張りどころだ。

四、税・社会保障費一体化の与野党協議・合意―解散

与謝野大臣の就任について、与野党はもちろんメディアでも世論でも批判の方が多い。彼の政治節操への非難と、元来消費税アップをしなければ財政再建は成り立たないという持論の持ち主だから、「まず増税ありき」だろうという意味での反対がその根拠だ。消費税率アップ反対者は「増税の前に歳出カット」という。しかし公共投資はここ数年、大幅に削減されてきたし、過度の削減は地方の活性にマイナスになるので限度があろう。事業仕分けはパフォーマンスが目立つが予定した歳出カットは達成されていない。自治労に支持されている民主党が、霞ヶ関にどこまで厳しく踏み込めるのか疑問である。

もちろん景気を良くすれば税収も増えようが、国際情勢が大きく影響するので甘い絵は描けない。要するに、我が国の財政は歳出カットだけでは再建ができないという危機的状態にあるというのが妥当な見方ではないだろうか。

菅首相は前回の参院選挙時に「消費税について自民党の一〇パーセント案を参考にして検討を」と言い出したが、今回の内閣改造では諸般の非難を覚悟してその道で最も詳しく、か

つ増税派の与謝野氏に白羽の矢を立てた。一方、与謝野氏は体力からいって自分の政治生命を知っているし、彼として自分の専門分野で国のために尽くしたいという純粋な意志で、世間の非難を覚悟して引き受けたと思う。筆者は与謝野氏のこれまでの何回かの大臣時代の言動を考え彼の起用を評価する立場だ。

首相は税と社会保障費一体化について、立案時からの与野党協議を提案していたが、野党はまず政府案をだすのが順序といって取り合わなかった。野党の意見ももっともなことと思っていたが、前回の党首討論で自民党谷垣総裁は、政府案を出しても協議に応じないといって解散を要求した。これはあまりにも政局指向ではないか。税と社会保障費一体化は長期的に見て国民生活の基本に関わる重要な課題で、政権交代のたびに変更されるのでは国民の不安は治まらない。自民党でも案を持っているのだから、解散よりもまず両党で真摯に討議して合意点を見出すべきである。

結局、政府は一歩退いて四月に案を提示して六月まで諸機関と協議し、六月に野党に提示することにした。与謝野大臣はすでに民主党原案の修正を口にしているし、当然、財源確保のために消費税のアップが謳われるはずだ。明らかに民主党のマニフェストと異なる案になるだろう。

一九日、菅首相は初めて案ができれば民意を問うと明言したが、当然与野党の合意案を掲げることになろう。ということは税と社会保障費一体化についての基本線については、社民、共産両党を除いて大きな争点にはならない選挙になることを意味する。

ところが二〇日には政府・民主党幹部は首相の解散発言をありえないと否定した。解散権をもつトップの発言が簡単に否定されるとは民主党はまたしてもおかしな党だ。

五、鳩山前首相に呆れる

鳩山前首相がまたまたとんでもない発言をした。こんな人を一時でも首相にした国民こそ不幸と感じた。「抑止力の必要さを学んで理解したので辺野古への移設の日米合意に戻す」の発言で首相退陣に繋がった大事件となったのに、今度は「抑止力といったのは方便だった」といったのだ。失言でなく彼のホンネと思う。

さすがに国会で菅首相は「私の考えと違う」と困り顔だったし、北沢防衛相は強烈な皮肉交じりに鳩山氏の発言を切り捨てた。鳩山氏は直近に「方便は真理に導くための手段。真理とは辺野古移設で、そこに導く手段として抑止力といった」と、なんとも訳の分からない言い回しで弁解している。

彼は普天間の迷走で日米関係を悪化させ、一旦政界から引退といいながらそれを撤回、母親からの莫大な「子供手当」を貰《もら》いながら脱税、発覚後に滞納分の追徴金を含めて納入（時効分の一億数千万は返却された）などでたびたび物議をかもした。北方領土問題では「四島返還でなく二島＋アルファ論」で党幹部として、政府と異なる見解を公言する感覚が理解できない。

閣僚ではないが党の大物の異常な発言は内閣を揺さぶる。

六、民主党内造反の茶番劇

民主党で一六人の議員が「マニフェストを実行しない菅首相はけしからん」といって造反した。党としては実行するのに必要な財源がないのでマニフェストの修正を決めたのではないか。彼らは「俺たちが最初で後に続く者がもっと出る」と意気込むが財源をどう確保するつもりなのか。さらに元来同じ党から複数の会派はありえないことを知らないはずはないのに、なぜこの珍行動に走ったか。茶番劇ではないか。

要するに小沢一派が仕組んだ菅降ろし行動で、小沢氏処分の機に党内抗争の先鋒として踊らされたとみる。除名に値する造反だろう。しかも「予算関連法案に反対もありうる」というが、予算に反対は党として除名に値する造反だろう。彼らは比例選出の後位で当選した小沢チルドレンが多く、解散、選挙になれば苦戦を強いられる立場にあることを考えると、「予算不成立で解散でなく首相交代」を狙ったものだろう。

しかし、予算不成立が国民生活にどんな打撃を与えるのかどう考えるのか。国民生活を犠牲にしてまでも党内抗争を優先する暴挙は許せない。そこまでやるなら離党するのが筋ではないか。

小沢氏、それに最近は原口氏も地方自治と減税で人気のある河村名古屋市長や橋下大阪府知事、大村愛知県知事と手を組み始めている。解散・選挙を見据えて世論を見方にして票を稼ぐ作戦だろう。いずれにしても、政府与党としては挙党一致で予算成立に邁進すべき時に、集団で分派行動があることは今回の造反に理解を示す輿石、鳩山、山岡など何人かの幹部がいることを含め、いよいよ民主党の分裂・終末を予測させる。またしても民主党は壊し屋小沢一郎に一杯やられたということか。

〔二〇一一年二月二二日〕

政界はこの際、菅首相で復興工程を設定せよ

大震災の復興と被災者救援には与野党協力するという言葉を毎回聞くが、実際には政局ばかりが目に付く。民主党こそ団結すべきなのに小沢氏の一派は首相退任を主張し、小沢氏自身も最近ネット番組で「国会で不信任案が出れば、政治家として考えなければならない時期だ」と不信任に同調を匂わす発言をしている。党内で一枚岩にならなければならないこの危機にこの発言では、党の信頼に一層ダメージを与えると思う。国民は小沢氏のカネ疑惑を忘れてはいないが今はそれを棚上げしている。彼も首相を支えて力を発揮すべき立場なのにそうは動かない。もはや党内の亀裂は修復できないのではなかろうか。本来ならこの反乱は離党とか除名問題になろうが今の首相にはその力がない。この民主党の乱れを見て野党が政局に動くのは当然だ。

菅首相の指導力は確かに問題で、例えば復興のために数多くの会議を設定したがどこが主か分からないし、それぞれの活動についてもあまり見えない。最近の情報から復興構想会議が主になるかと思っていたが、学識経験者主体で官僚を排除しているとのこと。各省庁の力なしにどこまで実効を期待できるのか疑問に思う。

直近にはその構想会議に関連して、亀井氏が首相の名代を名乗って復興実施本部という与

野党協議機関を設ける案を持って奔走している。首相が本部長で亀井氏が本部長代行に就く案らしい。内閣は実施本部の案を丸呑みするという大胆な構想だ。亀井氏には大きな魅力だろうが野党も政権内も反応は鈍い。おそらく首相と亀井氏間で曖昧な会話がなされ、目立ちたがり屋の百戦錬磨の亀井氏がさっそく動いたとみる。

実は内閣では全閣僚が加わる復興対策本部を司令塔と位置づけている。なぜ類似の組織の設立を亀井氏に依頼したのか理解できない。これも首相の指導力の欠如を物語る一例だ。

ともかく、国としては政府が一日も早く復興の構想を明確にして国民を少しでも安心させ希望を持たせることが急務で、政治の空白は許されない緊急事態だ。いかに力不足の首相でも、まず与党内そして野党も彼を支えて復興の工程を設定することが重要だと思う。自民党もそれまでは大人の政党として政局論議を止めて欲しい。

〔二〇一一年四月十七日〕

民主党渡部最高顧問・小沢元代表合同誕生会を読む

二四日に民主党渡部最高顧問・小沢元代表の合同誕生会が三年ぶりに開かれた。参加者は松木氏、鹿野大臣などを含め一六〇名といわれる。すでに国民一般には普通の生活に戻ろうとの意識はあるが、大勢の政治家たちが誕生会で酒を酌み交わすことにはまだ違和感を覚える。しかも表向きは誕生会だが、ホンネとして「菅降ろし劇場」の新たな幕開けとみたマスコミがかなりあったとなるとなおさらだ。以下は菅降ろしについての読みを語ってみる。

いくつかのマスコミは遠からぬ菅退陣を予測している。そのマスコミは、前原氏が自らの復活の可能性ありと判断し、反小沢だが菅離れ傾斜中の渡部長老と菅降ろしの巨頭小沢氏との仲直りを演出して党内に幅広く存在感を示したかったと報じた。彼が司会を務め、鳩山氏が乾杯の音頭をとり、渡部・小沢両氏が握手してお互いに友好活動を約束し合うとなると、確かに党内の菅降ろしが小沢派から少し幅を広げた感じがする。

前原氏は「大同団結して政権交代の果実をあげる」と挨拶したが、ここにもし菅首相、岡田氏、枝野氏らが参加しているなら文字通り大同団結でその言葉通りだが、たまたま菅首相がサミットで外来時であることを考えれば、単に新しい仲間を招いた新菅降ろしグループの団結とみられても仕方がない。

しかし、二六日の産経新聞に渡部氏は、誕生会前に投稿されたものだろうが「菅首相の辞任が最大の復興対策という人がいる。確かに内閣支持率は低いが明日にでも辞めろとはいえない。難しい問題だ。民主党員で菅降ろしに署名を集めるような奴は国民に一番嫌がられている」と全面的に菅支持とはいわないニュアンスの中でむしろ反菅派を叱っている。小沢氏が内閣不信任案が出されれば「決意」すると賛成を仄めかしていることを知りながら、誕生会で彼とともに高笑いし、「万一の場合は弔辞を読んでくれ」とまで言い放った姿勢とはかなり矛盾している。彼にその矛盾を問い正せば、おそらく「誕生会では純粋な意味の大同団結を表明しただけで決して菅降ろしではない。当たり前だよ。キミ。新聞での表明と誕生会の行動は何も矛盾しないヨ」と煙に巻くだろう。それが政治家の言動だと思う。

堂々と司会を務めた前原氏も、二七日にでは野党の不信任案に組する行動にブレーキをかける発言をしている。渡部・前原両者は確かに菅首相への信頼感は以前より薄れてはいるが、まだ堂々と反菅で行動することを控えている感じだ。

結論として誕生会は反菅派にとってはそれなりの結束を固めたことになったし、何人かの中間派への働きかけの場にはなったと思うが、渡部顧問や前原氏を引き入れるまでにはならなかったのではないか。

それでは菅退陣はあるのか。筆者は菅政権が任期一杯続くとは思えないが、いかに指導力不足でも、復興を第一義に考えるなら与野党で協力してグランドデザインを描くまでは菅首相にやらせ、その後、期間限定の連立内閣で実施に入るのがよかろうという意見だ。とにかくスピードを重視し政治空白を避けるべきという考えで、大方の世論もそうではなかろうか。

実行段階に際して連立内閣の場合、衆院の議員数からいって首相はやはり民主党から出るべきだろう。しかしまさか刑事被告人の小沢氏はないだろう。現役バリバリに万人向きがないといっても長老の渡部氏、藤井氏、西岡氏では党としてまとまるまい。残るのは仙谷、前原、岡田の諸氏、一歩遅れて野田氏ではなかろうか。

前原氏が今回司会者に立ったのは、この空気を読んで反菅派へなんらかのメッセージを与える思惑があったと思う。先に五万円の外国人からの政治献金トラブルでサッと閣僚の席を捨てたのは菅政権の寿命を「賢明に」読んだ早期退陣ではなかったか。

ここ当分菅降ろしには与野党でいろいろ動き、自民党は六月には不信任案提出に踏み切るだろう。民主党執行部は不信任案が出された場合、賛成者だけでなく棄権者と欠席者にも離党勧告をすると決めたそうだが組織として至極当然のことだ。しかし小沢派が党離脱してまで造反するかどうかはまだ読めない。

〔二〇一一年五月二八日〕

菅内閣不信任案否決・永田町論理の怪

一、概況

菅首相には原発トラブル処理の拙さ、復興計画のもたつき、官僚のやる気をなくす脱官僚政策、独りよがりの思いつき発言の繰り返しなど、いくつかの落ち度があった。不信任案成立の可能性が出るようになって、やっと国会の延長や二次補正予算の早期審議を言い出したのも一齣《ひとこま》遅れでずれていたし、震災復興の意志は分かるがサミットでは閣議を経ないでかなりの風呂敷を広げたことも、トップとしてどうかと疑問が出る。

しかし菅内閣不信任案については、大多数の国民や被災者、被災した自治体のトップは、「政界は今こそ復興と被災者支援に全力投球する時期で、政治空白などもってのほかなのに政局で権力闘争に明け暮れるとは何事か」と呆れて怒り心頭だった。筆者も「自民党も小沢派も菅の後に誰を首相にするのか、具体的に復興にどんな対案があるのか何も説明もしないで、『菅降ろし』だけの不信任案は全く無責任そのもの」と思っていた。

小沢派に記者が詰問すると、「そういう緊急事態だからこそ菅を替えるのだ」「民主党のためでなく国民のための政治をするために菅を降ろす」とはぐらかす。

自民党は小沢派の造反を見越して不信任案可決を狙ったが、4K（子ども手当、農家の戸別所得補償、高校授業料無償化、高速道路無料化）撤回に妥協する菅・岡田陣営に不信任案を突つきつけ、頑なに4Kに拘る小沢派と組む形になったのはオカシナ関係ではなかったか。「菅降ろしには政策不在でなんでもあり」だったのだろう。

裁決当日の午前までは不信任案成立の流れだったが、菅・鳩山のウルトラC会談の後、菅首相は代議士会で「原発トラブルの収束と復興計画に一定のメドがつけば退任し若い世代に席を譲る」という発言をした。菅首相の発言を冷静に読めば早期退陣ではないし、鳩山氏も菅首相の退陣時期についての話し合いはなかったと認めている。しかし、その鳩山氏は思い込みだったか計算づくだったか、「復興基本法案と二次補正予算成立を条件に首相は退陣」と首相の発言をより具体的に脚色したのに対し、菅首相は「反論すれば議場が混乱する」と考えたのだろうが否定しなかった。

この会議の結果を踏まえて民主党が急変し、不信任案は大差で否決となった。菅首相が鳩山発言を否定すれば代議士会は大混乱し、あるいは不信任案は成立したかもしれない。鳩山氏は皮肉にもここでの党の分裂を救った功労者といえる。

メディアは民主党内の混乱をみて菅首相が自ら述べた退陣の条件たる「一定のメド」に触れずに退陣表明だけを大見出しで流し、それがストレートに外国にも伝わってしまったのだ。一度流れた衝撃的な情報はさらに増幅する。有識者から一般の国民までも早期退陣しかないと考えるようになってしまった。

本来は、この不信任案否決で自民党および谷垣総裁は、「この時期に民主党内の造反を前提に不信任案を出したものの梯子を外されてなんと愚かなー」と呆れられるところだったが、民主党内の首相退陣時期についての混乱再燃で、一転菅降ろしで大見得をきれる立場になった。そこまで読んだなら立派だが、ホンネは民主党菅降ろし運動に〝感謝〟ではなかろうか。

不信任案否決は内閣信任の再確認のはず。しかるに形の上で首相を守った与党からその首相の早期退陣論が出るし、提出した案が否決された野党は与党の混乱を横に見て上手い話だと早期退陣と意気込む。永田町は不信任案否決の重さを全く無視する騒動をしている。どういうことだろう。まさに永田町劇場の茶番劇だ。

一般論として辞めるトップの指導力には限界はあるが、今回は具体的な課題が明確だから辞める人にでも周りは協力すると思っていたが、永田町の論理はそうはならなかった。

二、小沢派の造反は重大な党規違反

小沢派は「党内の権力争いではないか」と詰問されれば必ず反論をする。しかし小沢派の主張は、4Kを含むマニフェスト（多くの国民や識者に疑問視されている）で党執行部と異なる政策に執着するなど、党内野党として露骨に行動してきた。それは権力争いでなくてなんだろう。

小沢氏は反菅、反岡田の執念から遂に野党の不信任案に乗るという異常な行動をしてきたが、最後に菅・鳩山会談の結果不信任案否決となり複雑な心境だろう。もちろん欠席も党に対する造反には違いないが、あれだけ声高に菅降ろしを宣言してきた親方として賛成せずに欠席したことは一体なんだろう。逆に子分の松木氏が賛成した。小沢氏は政治家としての汚点を残したと思うし、以後グループ内での求心力低下は確実だろう。その点松木氏は立派だった。

そもそも野党が出す内閣不信任案に同調することは、与党党員として最悪の造反だ。執行部は厳しく処分するといってきたが賛成者の除籍は当然だ。しかし欠席者に対しては甘い処分である党員資格停止案さえなぜか保留となっている。欠席も野党案に組したのだから厳罰は当然ではないか。

岡田氏は小沢氏を除籍するという意見だったが、主犯だからそれが世間の常識だと思う。おまけに小沢氏は現在党員資格停止中だ。普通は処罰を受けている人が再度不祥事を起こしたら重犯になるはずだ。他の欠席者と同罪というので理屈に合わない。除籍が妥当と思う。

しかし岡田氏は、輿石氏の「バッジをかけて反対」という剣幕に押されてか折れている。民主党は大物の造反には甘い不思議な政党ということか。もし民主党が小沢を斬れず、自分の内閣不信任案に与した欠席者を厳罰に処せないなら統制不在の政党と笑いものになるだろう。

そもそも党員資格を停止されている小沢氏があれこれ動いてそれに従う議員がいるが、党員資格停止とは一体どんな処分かサッパリ分からない。

三、嘘つき談義

鳩山氏は「菅退任の条件について岡田氏は嘘をついている。人間は嘘をついてはいけない」といった。しかし鳩山氏に言いたい。「あなたは『九億円の〝子供手当〟を母親から数年にわたって貰っていたことを全く知らなかった』と言ってきたが、全国民はそれは大嘘つきの言葉と思っていることを知らないのか」と。また「あなたは首相を降りる時に首相経験者が党内で影響を行使することが政治の混乱を招くので、今後政界から退くと言ったではないか。それが今はぬけぬけと動いているのは嘘つきではないですか」とも聞きたい。

もう一つ「普天間問題でオバマ大統領に『トラストミー』と大見得を切ったのに裏切ったままになっていること」をどう考えているのだろう。大統領にも嘘つきと思われているのではなかろうか。

四、国民の願い

不信任案否決は重い結論だからこれからは復興と救済関連の審議となると期待していたのに、マタゾロ与野党間で不毛な抗争が繰り返され始めた。

とにかく、早急に与野党で懸案の復興基本法、公債特例法案、第二次補正予算を審議し成立させるのが国を救う最低限の行動だ。原発の冷温停止システムのセットは半年以上かかるだろうからそれは次の新内閣の課題だろう。

〔二〇一一年六月八日〕

【追記】

最近松本復興大臣の異常な短期の更迭があったし、原発の安全宣言を撤回した唐突なストレステストの実施宣言で菅内閣の閣内不統一を曝け出し菅首相は党幹部からも信頼されなくなってしまった。ここまできたら筆者も民主党渡部最高顧問が言うように一日も早い首相の退陣が政治の空白をなくし正常化復活への道と考えるようになった。

〔二〇一一年七月九日〕

今のままで国を守れるか
民主党政権の安全保障政策に疑問

インド洋給油の撤収は国益の損失

一、経緯

民主党の長島防衛省政務官がインド洋給油についてある講演会で、「議会の事前承認を新条件として延長する考え」と語ったところ、連立与党の社民・国民新党から約束違反と非難されたし、防衛大臣も長島発言を完全否定し長島氏は官房長官から注意を受けた。

長島氏の安全保障に関する思想は自民党に近く、以前にTV討論会で石破政調会長とほとんど同じ意見を吐露していたが、鳩山首相として彼を防衛省の政務官に任命している思いは一つのバランスをとるということだろうか。

一方、岡田外相はずっと「洋上給油について単純な延長はしない」という言い回しをしていたので、「単純でない延長」もありかなとも感じていたが、政府は最終的に「延長に関する法案は提出せず」と決定し、長島氏を渡米させて米国当局と折衝に入った。

米国は普天間基地問題について日米合意案で決着させる方を重視し、インド洋給油についてはアフガン支援について有効な代替策を条件として、鳩山新政権の面子《めんつ》を勘案して譲歩することにしたと思う。

ただアフガンはタリバンが国土の半分を支配しており、治安状態が最悪で、民生支援には困難を伴うはず。支援部隊はタリバンの格好の標的になりうるからだ。岡田外相は先日アフガンを電撃訪問したが、防弾チョッキで隠密行動しかできなかった。政府はこの危険性をどう判断するのだろうか。危険だからということで、支援行動を躊躇して金の提供だけに済ませれば、かつて湾岸戦争時代（小沢自民党幹事長時代）に「金だけ」の小切手外交（一三〇億ドルを提供した）と国際舞台で軽蔑された苦い経験の二の舞を演じることになりかねない。

ちなみにアフガンにはイラク派兵を拒否したカナダと、先の大戦の敗戦国ドイツの両国も派兵している。カナダは総兵六万四〇〇〇人のうち二五〇〇人を送っており、すでに一三〇人の犠牲者を出している。一時、世論は撤退に傾いたが、政府がテロ対策への国の責任について懸命の説得を続け派兵延長に決した。二〇万人の自衛隊を擁する我が国と何か違っている。

二、結論
我が国は一月一五日にインド洋給油から撤収した。年間七〇億円の経費で世界各国から喜ばれたテロ対策で、しかも限りなく安全な仕事だったのに惜しいと思う。さらにいえば我が国として、インド洋上の生情報の入手の途を閉ざしたわけで、いろいろなマイナスがあると思う。

鳩山政権は、この代替としてアフガンの民生支援に五年間で四五〇〇億円、年間九〇〇億円の予算を計上する。給油の一三倍の多額の税金を使う計算だ。しかしアフガンの政情や治安が不安で、この資金が真に必要とされる市民に渡るかどうかは明確でない。まだ戸籍の整備も不充分な国だから、多額の資金が国というよりも有力な部族の親方に渡ってしまいという懸念もあるらしい。経済不況に苦しむ日本の国民の一人として疑問に思う。

我が国が撤収した後は、中国海軍が我が自衛艦に変わって活動するという。中国がその地域ばかりでなく国際的にテロ対策に貢献する国家として評価を上げるし、さらに中東やアフリカ諸国に対するエネルギー政策について大きなプラスを稼ぐだろう。中国海軍に守られながらインド洋を航行する我が国のタンカー船団を想像すると、なんとなく複雑な気持ちになる。

〔二〇一〇年一月二五日〕

普天間基地固定化の危機

一、経緯

もともと普天間基地移設問題は難しい課題だった。自民党時代に結論を出すのに十数年かかり、ようやく針の穴を通すような難しい辺野古案で米軍も沖縄県も同意していたのだった。民主党は二〇〇九年の衆院選挙で普天間の基地を県外か国外に移設すると謳って勝利し政権を奪取した。国家間の契約は革命による政権交代でも厳しく履行を迫られるのが常識だが、民主党はそれを無視、メディアもその点あまり取り上げなかったし、選挙民もその重さを認識しないまま投票したのだ。

鳩山氏は当初はグアムを本気で考えていたようだが、米国とほとんど本格的な折衝はしていなかったのではなかろうか。自民党ばかりでなく米国からもかつての日米合意の履行を強く要請され、ようやくメディアにもその兆しが出てきたので政府として「変更もありうる」といったり、社民党から反発されると「当然県外国外を希望」と答えたり、まさに迷走を続けることになった。

首相はある時腹案があると答弁したが、それは徳之島と判明した一幕もあった。沖縄から二〇〇キロ離れている島なら機動性の点で可能と考えて、徳之島に一部でも分離できれば県外という主張を満たす言い訳になると考えたのだろう。しかし政府は間もなく「米軍が海兵隊とヘリの分離は一二〇キロが限界で徳之島は遠すぎると反対した」と発表した。政府の事前調査がずさんだったことを示したし、さらにこの一二〇キロという数字の公表は米軍の秘密事項だったのでクレームがついた。なぜなら他国に部隊の機動性のレベルを知らせたことになるからだ。

二〇〇九年一一月にオバマ大統領の最初の訪日の際に鳩山首相は「トラストミー」と大統領に日米合意を仄めかす素振りをみせ、「作業チームで検証するということで基本的に合意した」と報道された。オバマ大統領は翌日、東京で「合意を履行するための検証」と演説したが、COP15に参加した鳩山首相は、翌日シンガポールで「合意前提では作業グループをつくる意味がない」と真っ向から否定した。さすがに防衛省長島政務官もビックリしたと感想を述べたが、素人としても、大国の大統領に対してはなはだ失礼な背信行為だと思った。オバマ大統領は内心激昂したのではなかろうか。鳩山首相の発言には国際的に常識を外れた異常さがあった。

さらに首相はCOP15の晩餐会でクリントン国務長官と隣り合わせ、「普天間基地移転について国として決定延期の事情を話し理解を得た」とメディアに流したが、クリントン長官は異例にも帰国後、日本駐米大使を呼びつけて、「理解してはいない。早急に合意通り進めて欲しい」と米国としての従来通りの見解を述べた。それを聞いた鳩山は「両国で頑張ろうという理解だった」と訳の分からない弁解をした。

米国の両巨頭を連続で怒らせた失態は、我が国にとって取り返しがつかない大ミス。おそらく米国は今後鳩山首相の発言を信頼しないし、発言の内容を厳しく検証して問題があればすぐ反論するだろう。この経緯は米国ばかりでなく諸外国に対しても首相や国の信頼を失わせたと思う。

その後も米国の強い姿勢が変わらないことを受けて、鳩山首相は「抑止力の必要性を認識したら沖縄から遠くてはダメと分かった」といい始めた。事情を理解してきたのだろうが遅かった。いや、一国の首相として実際は当然熟知していながらも、沖縄の基地反対の民意をバックに米国や国内容認論を押し切れると判断したのだろう。

そこから民主党の混乱が始まる。少しくどくなるが政府の中で統一見解がなかった例を示そう。北沢防衛相は「辺野古もやむなし。一部岩国やグアムに移るから県外国外という党の意向にマッチする」、岡田外相は「県外は無理だろう。嘉手納に移す」という意見。これは自民党時代に無理と結論されていた案。首相は「あくまで県外国外」。国民はこの閣内不一致に呆れる。首相はすでに国内他県は無理と判断していたが、辺野古案はそれまでの党の主張に反するし、国外を強調すると米国からの不信をかうというジレンマに悩んだと思う。

じつはもし辺野古に決まっても党のマニフェスト違反にはならないようになっていたのだ。「基地移転を見直す」とだけ謳って、「県外国外」とは書いてなかったのだ。党代表がマニフェストにない内容を喧伝して選挙を闘ったということも考えればおかしいことではなかろうか。

二、基地の意義

基地は国のどこかに設置して防衛の砦にする施設。選挙で「国民の命を大切にする」と叫んだ首相にとって国民を守る基地ならまず場所はどこが最適か、次にどの程度の規模が必要かが重要なチェックポイントだ。極論すれば民意とか環境維持はその後で考えることで思考の順序が逆だ。国で絶対に必要なことは、国民に一定の犠牲を強いても強行するのがトップの仕事であり責任だ。国が敗れれば環境も何も無になるからだ。

各地で基地反対の集会があり、必ず女子高生が純粋な声で「基地をなくして平和を！　美しい青い海を埋めないで！」と涙声で訴える。それはそれで一つの論理だが、ただ沖縄に基地がなくなればそのまま国の平和が保たれるかどうかはまた少し違う次元の話だと思う。

そして決断する以上は当事者に基地の崇高な目的を丁寧に説明し、最大限の援助をするのが政治ではないか。このプロセスは避けて通れない。政治に信頼があれば困難なことも国民は最終的に受け入れるが、現在はカネや諸々のマニフェスト違反で政府は信頼されていないので解決は非常に難しくなっている。

三、沖縄の位置と米軍駐留

では基地はなぜ沖縄なのか。

北東アジアには核保有を推定され暴発可能性のある北朝鮮や、どこの国を対象としているのか分からないが毎年二桁の膨大な軍備拡張を続ける中国が存在する。この中国の軍備急拡大に対してアジア諸国は懸念を持っている。基地は日本だけでなくアジア全体の安全保障に関係している重要な案件だから、単に沖縄県民だけでなく国として国際的な視野で考える課題だと思う。沖縄は地理的にその意味で最適な位置にある。沖縄県民には気の毒な面があるがなんとか理解していただき、別の面であらゆる政策で県民に報いるしかないと思う。

当然、米軍ゴーホームで自分で自国を守るという考えもあるが、まず防衛予算を数倍に増加させなければなるまい。今の防衛予算では中国に対抗できないからだ。その場合の基地はやはり地理的見地から沖縄しかなかろう。

以前にフィリピンでも米軍ゴーホーム運動があって米軍は撤退したが、その直後、中国はフィリピンと中国で領土問題となっていた南沙諸島に軍隊を送って占領し今もそのままになっている。フィリピンは米軍駐留を再度依頼したが米国は拒否。一旦別れた国はそういうもの。夫婦の離婚と同じ。国民もこういう国際的な現実をもっと理解する必要があろう。

四、今後の見通し

普天間基地については徐々に辺野古回帰案になりつつあるが、原案のままでは面子もあるためか若干の変更案が検討されている。埋め立てでなく杭を打ってその上に滑走路をつくる案だ。埋め立てよりも自然を壊さないというが、滑走路の下側には日光は入らないから自然の破壊は避けられない。それよりもこの案は、滑走路と海面に隙間があるので爆発物が仕掛けられる恐れがある。すなわちテロ対策が難しい。

またこの案は沖縄の業者の手におえないので、本土のゼネコンの仕事になり地元の経済に寄与しないという副次的な問題点もある。そういう理由で自民党時代にボツになったとのこと。

最終的にどう決着するのだろう。五月以降、鳩山首相が退陣し次の首相がスッタモンダの挙句、何らかの辺野古修正案で落ち着くのではなかろうかと思う。その場合、仮に徳之島の使用はあってもその規模は小さく、これまでの政府の言動に格好をつける程度ではなかろうか。ただはっきりいって辺野古移設がまとまらなければ、いつまでも普天間基地が残るという最悪の状態が続くことを忘れてはならない。

〔二〇一〇年一月二五日〕

日米同盟について

鳩山首相は「両国対等の日米条約を」と言い続けている。しかし単純に考えれば、現在の軍事同盟は「米国は日本を守るが、日本は米国を守らない」から対等でない。さらに米国は「核の傘の供与」という究極的な抑止力を我が国に提供している。

我が国が通常の国に比して対GDP比率で低い防衛予算（世界の国の一四〇位以下）で済ませたまままこれまで長年安全が保たれてきたのは、米国の核抑止力を含めた軍事的支援があったからだと思う。対等でないことは確かだ。首相はこの非対等を、どう対等に改変するというのだろうか。

筆者の意見では、対等とはまず集団的自衛権の行使と自国防衛予算のアップによる米軍の削減を考えることと思うが、鳩山首相の対等は軍備でなく「言いたいことを言う」行動を指すようで日本語の使い方がおかしいと思う。

一方、オバマ大統領も日本の演説で「すでに対等になっている」といったが、これも何をもって対等といったのか、鳩山首相への反論なのか揶揄《やゆ》なのかよく分からない。言葉の遊びに感じた。

もう一つ、首相はメディアであまり取り上げなかったが重大な発言をしている。先日、「野党時代に駐留なき安保を言い続けたが、首相の立場になったので、その考えを封印する」と発言した。「改める」でなく、「封印」である。当面は安全保障には米軍駐留が必要だから「駐留なしを封印」するという意味と思う。なぜ「改める」でなく「封印」なのだろう。首相の間はホンネを押さえるが、将来、首相の座を降りたり野党になれば、再び米軍撤収を言い出すと勘ぐられるのでは、安全保障という国の最重要政策を司る首相の発言としては大問題だ。同盟国に対してもはなはだ失礼なメッセージになるのではないか。

鳩山首相は日米同盟を逆なでするような言動を繰り返してきた。米国として真剣に日本を疑問視し始めたという情報もある。例としてオバマ大統領は米国のアフガン新戦略について事前に同盟諸国や中国、インドにまで電話で直接説明したが、鳩山首相には何も連絡がなかったといわれる。米政府の日本に対する不快感と無言の圧力を物語るものではなかろうか。

〔二〇一〇年一月二五日〕

アジア共同体と米中G2理論について

米国は経済的、軍事的に躍進中の中国を警戒しながら、一方で重視もし、米中がG2として太平洋を牛耳る思想をも将来の選択肢として、いろいろ検討しているらしい。

これは米国にとって、日本の位置の相対的な低下を意味する。我が国はこれまで通り米国に核の傘を借りるなど、国の防衛を支援してもらいながら経済大国・技術立国という過信で「付き合い」続ければ、米国や米国民は愛想をつかして日本を見放すかもしれない。その場合米国にどこまで強い主張をぶつけられるかは、その時点で我が国が政治面、経済面を含め国際的にどう評価されているかにかかっているが、今回のテロ対策からの撤退や普天間基地問題の迷走などは日本の国際的評価を下げたと米国は認識するだろう。

先日、鳩山首相はアジア共同体構想を誇らしげに表明した。首相があえて宣言したのは、政権交代を機会に最近の我が国の国際的な威信の低下の回復を意識したパフォーマンスだったと思う。概念的には理想的な思想でどこの国も反対できない内容である。確かに日中韓首脳会議の共同声明でも取り上げられたし、アジア諸国も表面では歓迎ムードではあった。

しかし、いずれも「長期目標」という曖昧な位置づけにしかされなかった。それはアジアにはアセアン（ASEAN）、アセアン＋3、アセアン＋6、エイペック（APEC）など、いくつもの類似の共同体があってすでに動いており、鳩山案は屋上屋を重ねる感じがするし、何よりもアジアのNO1を自負する中国がおとなしく鳩山案に同調することは考えにくく、アジア諸国は日中両国の総合力を評価しながらクールに静観することを選んだからだろう。

共同体に国際舞台での中国の唯我独尊を牽制するためインドとオーストラリアを入れたことは評価できるが、岡田外相が当初「これまで米国との関わりが多すぎた」といって米国をはずす意見を述べたことは、中国やミャンマーなどの社会主義諸国以外には懸念を抱かせた。

民主的なアジア諸国は、中国の軍事力とバランスさせるために米国の参加を望んでいるのだ。中国にとってはアジアの盟主となるためにアジアからの米勢力の撤退を望むところで、同盟関係の日米両国が、日本の意志で米国離れをすることはこよなく喜ばしいことだろう。岡田外相は、なぜこの単純なバランスを軽視したのだろうか。

G2理論はまだまだ未熟の段階と思うが、将来大きく具現化するかどうかは、日米相互の信頼度でどうブレーキをかけるかにかかっている。

〔二〇一〇年二月一〇日〕

核問題について

一、核廃絶の困難さ

人類の幸せには核兵器廃絶は必須だ。オバマ大統領は勇気をもって核廃絶を宣言したが、一方で、その具体化は彼自身の時代では無理とコメントしている。核兵器は一度保持した国として絶対にといえるほど廃棄したくない兵器なのだ。換言すれば、当分核の時代は続くということである。

核軍縮でまず米ソ両国が現有の数千発を一五〇〇発に減らすとか報道されることがあるが、世界中の核が一〇〇分の一に減少しても、実質的な核縮減の効果はゼロに等しいと考えるべきだ。なぜならば、核はただの一発が残っていれば、一国を破滅させる威力があるからだ。

すなわち世界中で完全にゼロになったことを相互に確認しあって始めて効果が出ると考えるべきで、現在の核保有国の思惑を推定すれば至難の事業だと思う。その点、核軍縮には通常兵器の縮減議論と異質という認識が必要で、オバマ大統領のコメントもそこを指している。

一二月二日に国連で日本提出の核廃絶決議案が採決された。人類としての義務である廃絶案に北朝鮮が反対するのは分かるが、インドも反対し、中国やイスラエルなど八ヵ国は棄権した。世界の認識はまだその程度なのだ。

もう一つ認識すべきことは、我が国は唯一の被爆国として強く廃絶を訴える意欲も権利もあるが、核廃絶は全ての核保有国がその気にならなければ達成できず、残念ながら核保有国の方に決定権があるということだ。

非核国の力の限界を認識しながら、いかにして保有国を説得するかが重要だが、前述のようにかなり長期の努力がいるし、その間は安全保障について日米同盟を基軸に抑止力の保持を継続する政策は捨てられない。「丸腰のまま核廃絶を叫ぶだけで我が身は安全」というほど世界は甘くない。政府やメディアはこの冷酷な困難さを認識し、希望的な情報だけを流すことはやめてほしい。

二、岡田外相の非核三原則関連密約調査は三原則改訂の一つの機会か

岡田外相は核持ち込みに関する密約の調査を命じた。核搭載の艦船が日本寄航時だけどこかで核を下ろすということは非現実的で、密約の存在は関係者間では常識だったという。密約は非核三原則と日本の安全を両立させるための両国の知恵だったと思う。

各国とも諸々の秘密情報を駆使して権謀術策を弄しながら自国と自国民の安全と国益を追求している。自民党も「国防上やむをえなかった。軍事問題では、この程度のことは国際的に珍しくない」という趣旨で真摯に開き直る選択肢もあったと思う。

この密約は一九九二年以降、米国の政策転換ですでに意味を失っているが、これを機会に政界もメディアも「核持ち込まず」の項を、国の安全保障に齟齬をきたさない常識的な姿に見直すチャンスと捉えて国民を諭す勇気が欲しい。

〔二〇〇九年九月二五日〕

尖閣諸島事件の経緯

一、総括

今回の尖閣諸島事件に関して政府が公表した最終対応は、「検察の政治判断での船員釈放」だった。政府判断なら弱腰外交の批判はあってもそれなりに筋が通る処理だが、検察が「外交問題についての政治判断をした」となると越権行為だし、それを是認する政府は無能無策となりダブルミスになると思う。

しかし真実は、中国に配慮した政府が検察を指南して話させたということのようだが、明らかに我が方に非がないならなぜそこまで中国に配慮するのか疑問だ。ある情報によると今回、不法撮影での日本人拘留は公安ではなく軍がやっており、その場合裁判で極刑もありうるという重大犯罪に発展する可能性があったから弱気になったということだが本当だろうか。解放された日本人の話を聞く限り、そんな重要秘密を撮影したとは思えない。これも中国側のジェスチャーで、軍の拘留にしていかにも重大犯罪と装って船長の釈放を狙った作戦ではなかろう。日本側はお人好しでそれに欺かれたように思う。

いずれにしても残念なことだが、日本はまたしても理不尽でも強圧的に脅されると弱く退き下がる国という印象を国内外に曝け出したという結果になった。

中国側も理不尽な強行策が国際的にマイナス評価されたためか、船長釈放後は急に態度を軟化させ、両国関係は表面では修復の形をとりつつあるが対立の本質は変わらない。現に欧州ブリュッセルのASEMでの両首脳の短時の話し合いでも、中国は尖閣諸島の領有説を下げていないほかに、中国のネット上では依然として「日本が一〇〇パーセント悪い」の情報の氾濫だが中国政府は放任しているのだ。

二、中国側の領海侵犯と意図的な衝突

まず日本領海内に三〇～四〇隻の漁船が進入したのだから異常だ。当然我が方の巡視船が警告した。一回目の衝突は、警告を無視して停止しない中国漁船の正面に回った巡視船に漁船が突っかけたが、二回目の衝突は、彼らの船は日本船の右後方を航行していたのだから、衝突を避けるなら減速して右に舵を切れば簡単なはずなのに、急に左に舵を切って舳先を日本船の腹にぶつけたのは故意としかいえない。まさに確信犯だ。

中国側は一回目の衝突について「日本巡視船が中国領海で中国漁船を包囲し、航行する漁

船の先を塞いだ」と主張し、日本側が一〇〇パーセント悪いと世界に発信したが、日本側は

「日本領海を侵犯した漁船を停止させる行動をした」と主張、両者の意見は完全に対立している。

三、我が国の対応

報道を聞くにつれ中国のあまりにも理不尽な発信に怒りを覚えていたが、我が国もある時期まで「領土問題は皆無（尖閣諸島は日本領）。国内法で粛々と処理する」と各閣僚が言い続けていた。当然と思いながらいつ対応を決めるのだろうとヤキモキしていた。

ところが中国側の対応は日を追って厳しくなり、まさに狂気の沙汰だった。二〇〇四年、小泉政権時代に中国人活動家が尖閣諸島に上陸したことがあるが、首相の政治判断で逮捕したものの送検せずにすぐに強制送還した。これは政府としてはありうることだ。

ところが、今回は公務執行妨害だから強制送還の選択肢はなく前原国土大臣の命で逮捕したというが、もちろん政府と検察で協議の上の決定だったろう。おそらく中国としては前回通り強制送還になると読んでいたと思うので予想外の逮捕劇に慌てたと思う。この慌てが国際的に常識に反する幾つかの行動を惹起させたのではなかろうか。

中国は政治家の交流の中止を徐々に高級幹部の交流の中止にエスカレートさせた。また大使を夜中に呼びつけたことがあった。宣戦布告のような緊急の通達ならともかく、この種のトラブルなら翌朝でもなんら差し支えない。日本に対して大変失礼な行動だった。それだけ怒りを表わしたということだろうが、大国の外交としてはまったくいただけない。さらに産

業に重大な影響を与えるレアアースの禁輸を持ち出した。これもWTOのルール違反である。まさにナリフリをかまわないやり方だった。

我が国は、拘留期限を二九日まで延長したのだから、おそらく裁判をして執行猶予付きの判決を出し、国外に退去させると予想していた。判断が遅れたのは内閣改造でゴタゴタしていたためかもしれないが、外交問題だから特別視して速やかに対処すべきだったのに甘かったともいえよう。

ところが意外にも突然、拘留期限内の釈放となった。これには驚きだった。しかも沖縄地検の政治判断で決めたという。

一地検の立場で大きな外交問題に発展する可能性のある政治判断をすることはありえない。もちろん最高検と相談はしただろうが、最高検としても法を曲げて外交問題について政治判断するのは根本的な疑問がある。越権行為だからだ。おそらく真相は首相の意を受けた仙谷官房長官が関係省庁の幹部を集め軟着陸の検討をし、検察上層部を説得してニュアンスを伝えて地検に説明させたということだろう。

四、尖閣諸島の領有権

尖閣諸島は明治時代に我が国が領有を国際的に宣言している。ひと頃二〇〇人くらいが住んで鰹節を製造したこともある。戦後一時、米国に占領された（沖縄県だから）が、沖縄返還時に日本領として戻されている。竹島や北方領土と違い日本が完全に実効支配してきているのだ。

一九六〇年代に尖閣諸島付近で遭難した中国漁民を沖縄県民が救助した時に、中国のある地方の責任者から感謝状が届いていて、その中には沖縄県の尖閣諸島と明記されている。また、沖縄返還後も米軍はしばらく尖閣諸島を爆撃の演習地にした。中国が昔から自国領だったというなら、米国の演習地にされたら直ちに抗議したはずだがそれはなかった。またホンネで中国領と自信があるならその付近の日本船を拿捕《だほ》するだろうし、日本側の威嚇《いかく》活動に従って退去する船も多いのにその点日本への抗議はない。

要するに、一九七〇年代にその近海に資源があることが明白になるまで中国は同島を日本領と認めていたのに、今になって歴史的に中国領だったというのはどうみてもおかしい。

しかし中国としても自国の主張に無理があることは認めているはず。現状で国際司法裁判所に出れば日本に負けること、日本が簡単に尖閣を手放すほど愚鈍ではないことを知っている上での領土権主張は何だろう。おそらく、事あるごとに中国領と宣言することで一応領土問題ありの情報を世界に発信し、長期的に領有を考える戦略的な宣伝活動だろう。もし拘留が切れて裁判になれば日本の実効支配資料が世間に明るみになるので不利と判断し、なんとしてもその前の釈放を考えたと思う。残念ながら日本はその理不尽な行動と要求に屈した形になった。

我が国としては、今後は自衛隊を駐在させるなどで尖閣諸島の領有権を世界に発信し続けることがまず必要と思う。

五、中国とどう付き合うか

中国の強《したた》かな外交は国際的な常識。ジワジワと相手を追い込んで目的を遂げる戦略に長けていて我が国もたびたび悩まさせられてきた。中国は仮に経済的なマイナスがあり世界から非難されても軍事的に解決できると思えば決行する。台湾問題でもその意思は堅いだろう。

二〇三〇年には今の流れでは軍事費は日本の七倍に達する。日本独自ではどうみても軍事的には対抗できなかろう。ますます米国が軍事面でアジアの対中国の要にならざるをえないと思っている。

中国との両国関係について戦略的互恵という抽象的な表現が使われるが、皮肉めいていいえば政治的にはお互いに腹を探りあいながら表面は仲良くしようということなのだろうか。

〔二〇一〇年一一月一〇日〕

尖閣諸島事件の根の深さを認識しよう

核保有国に囲まれた我が国は、日米同盟で米国の核の傘に頼りながら非核三原則で核持ち込み禁止という矛盾した政策をとっている中で、歴代内閣がなんとか日米同盟を機軸に国防システム構築に苦心してきたが、鳩山前首相が普天間問題の迷走で、肝心の日米同盟に甚大な亀裂を生じさせてしまった。その亀裂を待っていたのか、さっそく中国が尖閣で動いたのが尖閣事件の背景とみる。

米国のアーミテージ氏は、「中国が日米同盟の亀裂を認識して『これはチャンス』と東シナ海支配の手始めに、南シナ海での手法を尖閣で試行し日本の出方を探った」という。

中国は南シナ海の南沙、西沙諸島実効支配については、核心的利益論を唱えてフィリピン、ベトナムなどを押さえて成功しているが、漁民、民兵乗り込み漁船、武装監視船、最後に軍艦での恫喝が彼らのステップだった。なお、核心的利益とは「いかに国際社会から非難されても、その貫徹に武力行使を躊躇せずという意思表示」だ。

確かに他国の船に衝突させる異常事態なのに甲板上の船員は落ち着いていたし、さらに船上でビデオ撮影をしていた漁民もいたという情報もある。また、これまで拘束された漁民は全て暴れたが、今回の船長は極めて従順な対応に終始したという。普通の漁民の行動だろうか。なんらかの指示を受けた集団とも思えるし、南シナ海手法の第二ステップという推論の根拠にもなる。

そしてロシアも中国と結び、後追いで北方領土で動いたのだ。鳩山前首相による国威と国益の失墜の大きさは計り知れない。しかしご本人はまったくその気配もなく能天気だし、民主党にもその責任追及の声はない。

中国は一三億の国民生活を念頭に海洋資源確保に躍起だ。GDPが日本を越すといっても一人当たりでは日本の一割で、日本人の半額までに上げるためには、今の五倍の経済規模にしなければならない。そのための前提として二〇一〇年までに南沙、西沙諸島から沖縄を結ぶライン、二〇二〇年までにサイパンまで、二〇四〇年には、太平洋を米国と二国で管理するG2構想を立て、その実現のために、海軍を急増強しているのだ。

すなわち資源戦争を勝ち抜いて覇権を確立する決意の表われだが、常に妥協なしの強引な外交を進めるからたびたび国際舞台でトラブる。

アジア諸国は今回の日本の対応を静かに注視していたが、やはり理不尽に屈する日本という印象を持っただろう。そして「日本は外交や軍事面で頼りにならない、やはり頼りになるのは米国しかない」という再認識をしたと思う。

ある評論家は、今回の事件で日本も中国も敗者だ。では勝者は？　それは米国のみといった。なぜなら中国も国際的な非難を受けて米国に日中両国の仲介を依頼していたというし、周辺のアジア諸国も中国の脅威を感じ、頼りは米国しかないと再認識したからだ。

中国は日本側が船長釈放の弱腰外交を示した時、直ちに「盗人の猛々しさ」か、賠償と謝罪を要求してきたが、クリントンが「尖閣は日米安保の対象海域」と明言したら、スッと強行発言を止めた。相手の出方で機敏に作戦を変えるのだ。しかしその後、二度の日中首脳の話し合いもあって、表面の関係修復を感じさせるものの、現実には依然として尖閣領有の主張を下げずに、周辺海域に大型監視船を派遣し、広く東シナ海の領有権を核心的利益と主張し続けている。要するに中国は自国の主張をまったく曲げないから、本質的には何も解決されていないということを認識しなければならない。換言すれば、日本を無視し見くびっているとしかいえない。

今回の衝突事件は「憲法九条があれば他国は日本領土を侵さない」という妄想から、政府も国民もそろそろ覚めろという警鐘になりえたかもしれない。衝突そのもの、船長の扱い、ビデオの流出などは氷山の一角、もっと「根の深さ（中国の深謀遠慮）」を認識すべきだろう。

〔二〇一〇年一一月二八日〕

あるTV番組を見て

一、はじめに

二〇一〇年八月一六日二一時のテレビ朝日の『テレビタックル』は久しぶりに興味深かった。テーマは我が国の防衛問題だったが、珍しく安倍元首相が出席されたし、最後の数分間はあの田母神氏も顔を出した。

民主党からの出席者も防衛を真摯に考える長島政務官ほか一名だったから、討議は基本的な対立がないまま安倍ペースで流れたが、討議の結論は、現在の憲法九条や集団的自衛権の解釈では、国防は全うできないということであった。

本来はこの席に社民党の福島党首など護憲派がいれば白熱した激論になっただろうが、その場合はおそらく水掛け論で時間切れになったと思う。

本書の他の内容と重複するが、番組の紹介ということでご理解いただきたい。

二、尖閣諸島

まず最近の中国ヘリの自衛艦への異常接近が話題になった。中国ヘリは自衛艦まで数十メートルまでに接近した。「そこまでくるのに何時間かかるのだから、自衛艦も何かでヘリの接近を感知したはず（しなかったら国防のイロハ欠如）。普通の国なら接近中に一回は警告し、それを無視して再接近したら撃墜するだろう」とのことだったが、自衛艦は接近後に警告をしただけだった。程なく彼《か》の機は去ったという。なぜ中国はヘリをわざわざ接近させたのだろう。

出席者全員が「日本は竹島実効支配にもなんら武力的な対応をせずに、韓国のなすがままに半世紀以上放念してきた。領土防衛に甘く武力行使はしない国と見くびって尖閣諸島で少し動いて日本の対応を試した」と述べておられた。

現に中国は尖閣諸島の領有を主張しており、日本側が領海侵犯をしているという考えだから、公式的には国際的な違法と認識していない（ホンネでは違法と認識しても、領土拡大の国是にのっとって自分に非はないという態度かも）。公正たるべき国連も、明らかに北朝鮮によるとみられる韓国哨戒船撃沈事件も中国・ロシアの反対で北朝鮮の攻撃と断定できない頼りなさだ。仮に尖閣諸島の領有権について日中で、国際司法裁判で争っても、現在の日中の国際舞台での実力から考えるとよくて水掛け論、場合によっては軍事力と資源外交で顔を利かしてきた中国の得意の「古来中国領だった」の主張に票が流れることもありえよう。

驚いたことは、この他国からのいわれない重大な挑戦行動を、岡田外相が知ったのは四日後ということだった。その理由は外務省ほか、関係部署で「中国の意図を推定するのに時間がかかった」という話だったが、この遅れについては民主党議員を含め全出席者がとんでもないミスといっていた。

さらに呆れたのは、土、日曜日が挟まれたので大臣への報告が月曜日にずれたということだった。国の主権が侵される大事件なのに土、日があるのか。話にならない。政官関係者たちの防衛意識の欠如した行動は懲罰に値すると思う。

当然、中国への抗議も事件勃発後、数日経ってからだった。中国は予想通り逆に日本の方に非があると反論してそのままになっている。実はすぐ後でまた同じような中国ヘリの接近があった。まったく日本を舐《な》めきった態度だ。さすがに二回目は即日抗議したが、前回同様の反論があってそれでオシマイ。逆に、もし我が国のヘリを中国艦船に接近させたら出席者がいうように即撃墜されるだろうが、それが普通の国の対応なのだ。なんと情けない外交態度なのだろう。

三、ミサイル迎撃

北朝鮮の暴発でミサイルが発射されたらどうなるかの討議もなされた。

「まずイージス艦のMD、打ち逃したらPAC3で迎撃するということになっているが、命中確率は必ずしも高くないとのこと。それよりも基本的に、ミサイルは一発ではなくおそらく一〇〇発は同時発射されるだろうから、迎撃ミサイルで対応しきれずに何十発かは必ず国内に着弾することになる。それを防ぐにはミサイル発射後では遅いのだ。どうするか。現在、我が国が有する情報システムで『どこかの国がミサイル発射準備中』という情報をキャッチできるから、発射前に、その基地を攻撃するしかない。しかし今の憲法解釈では、事前攻撃は専守防衛にならないからできない」という話。

換言すれば、今の憲法解釈では国を守れないということになる。国土防衛の観点で憲法の専守防衛の解釈に、右記の場合の攻撃を含める必要があるのだが、国内政界の情勢では進まない。

憲法に不備があれば改定すればよい。解釈改定で解決するならそれでもよい。どうすれば国と国民を守れるかがポイントなのだが現状はほとんど何の動きもみられない。護憲派の方の国防方策についての意見を聞きたいものだ。

四、日米対等とは

安倍氏は「日米同盟は米国青年が日本防衛のために血を流すが、日本青年は米国防衛のために血を流さない。その代わりに基地を提供するという約束になっている」という。

出席者は「海兵隊を引き上げろというならば、日本自身で防衛費を増額して海兵隊同等の部隊を編成しなければならない。が実際には毎年防衛費は減少させている。米国に頼っているのだ。この流れではとうてい鳩山氏のいうような対等にならない」と指摘。

安倍氏は「朝鮮半島で戦闘が起こり米国が米人引き上げの飛行機を飛ばす時に、北朝鮮機が米機を攻撃しても、我が国の集団的自衛権の解釈では米軍機を援護できない。他国からグアム方向に発射されたミサイルも日本は落とせない。これではとても対等の同盟国の資格はない。民主党は依然として集団的自衛権については認めない方向を示唆《しさ》しているが、それは対等者としての行動を拒否するものだ。集団的自衛権を認めることで日米対等の点では大きな前進をする」と解説した。

筆者には正論に思えるのだが、なぜ政界ではこの思想が通らないのだろう。

五、竹島の行方は

ＮＨＫの別の番組で、岡本行夫氏は尖閣諸島の中国とのいざこざはいずれ解決されるだろうが、竹島の解決は不可能と思うと明言した。国として歴代政権が半世紀以上も韓国の実効支配を放念したことはまことに情けないがこの実績は重い。しからば与野党とも韓国と大きな騒動を起こして（当然、武力衝突になろう）でも奪還する決意があるのか。それもなしとすれば、今後何年、何十年現状を続けるということになるが、その考えなのか。

半世紀以上も国として放置したことは、仮に国際司法裁判所に提訴しても、我が国に一〇〇パーセントの権利を認めることはないのではなかろうか。

一体、政治家たちはどう考えているのだろう。

おそらく当面現状維持だろうが、それは次世代に解決させるということになる。そのためには、我が国は少なくとも「竹島は日本領土」ということをもっと強く主張し続ける態度を取るべきだろう。しかしながら、筆者は半世紀以上の放念が竹島の今後の支配奪回を限りなく困難にしてしまったと思っている。

岡本氏の意見と同じだ。

六、おわりに

テレビタックルの結論は前述したように、「憲法、集団的自衛権についての現在の解釈では国の防衛が全うされない。憲法改定が必須だが、憲法解釈の改訂でもある程度機能するし、集団的自衛権についても首相の決断で解釈を変えれば当面は国防に寄与するはず」ということで分かりやすかったが、閣僚や党最高幹部抜きの討議番組だから影響は限られている。極論すれば犬の遠吠えで終わる可能性が大と思う。

国として重大かつ基本的な課題だから本来は与野党（護憲派を含め）で集中的にジックリ討議する場があってよいが、そういう話を聞いたことがない。メディアも国防問題についてもっと国民が関心を持つよう機会を捉えて、この種の番組を強化して欲しいと思っている。その場合には、いわゆるタカ派とハト派両陣営の議論を闘わせる企画がのぞましいと思う。

〔二〇一〇年八月一九日〕

政界は憲法の審議を忘れるな

現憲法は六四年前に制定されたが、当時はまだ占領下にあった。その後、名実ともに独立し経済発展を遂げた現在、憲法には現実の社会にマッチしない幾つかの問題点が出ているが、改正はいくつかのハードルを越さねばならずまったく進んでいないのが実情と思う。

まず冒頭の憲法の前文から現実と乖離《かいり》している。「国は周りを平和愛好国に囲まれる」という前提を設けているが、外交的に恫喝されたり核やミサイル攻撃を匂わさせられたり国民を拉致《らち》されたりしているではないか。もちろん、気になる相手の国名を憲法に謳うことはできないが、平和の理念を願うにしても少なくとも表現を見直す必要はあろう。

憲法改正というと第九条が真っ先に話題になる。今の自衛隊は朝鮮戦争を機として昭和二五年に警察予備隊として発足し、二七年に保安隊、そして昭和二九年に自衛隊に改組して現在にいたっている。今では国内外で実質的な軍隊と認識され、戦闘機からミサイル、イージス艦から潜水艦までそれなりの装備を持つ堂々たる軍隊である。だが憲法には「軍隊を持たない」と謳ってあるので、国としては「憲法違反でない」と主張するために「自衛隊は軍隊でない」と詭弁を弄するしかない。この子供だましのような矛盾については中学生でも疑念を抱くだろう。そろそろ改正して国軍と明言して普通の国に変身する時機ではないか。それは軍備の確認になり、国民はスッキリするし自衛隊員の国を守る士気は大いに上がると思う。

ドイツ、英国、フランスなど外国では、災害や戦争などの緊急時には行政が強大な権力を行使できる規定を設けているが、我が国にはない。明治憲法にはあったが戦争への反省から現憲法ではカットされている。しかし今回の大震災に襲われてみると、期限を区切ってでも首相に権限を集中できる規定を憲法で明記しておくことが必要だと思う。緊急時の体制に触れていないことは現憲法の欠陥といえる。

憲法第九六条には改正を発議する議員数について三分の二規定があって、それが改正の大きなハードルの一つになっている。それを過半数発議に改正する案があり、現在与野党の改正を志向する議員が協同して動いている。改正への一歩前進と評価し期待したい。

この他、参議院についての一院制問題（122頁参照）や居住権、財産権など多くの問題点が出ている。政府としては当面は震災の復興と被災者の救援が最優先だが、一段落後には与野党で協議して休眠中の憲法審査会を始動させ、国家像の構築を狙う憲法改正について積極的に動くべきではないか。

〔二〇一一年五月三日〕

政界アラカルト

中川昭一元大臣の急逝を惜しむ

中川元大臣が急逝した。拉致問題対策では積極派、日中間でスッキリしないガス田交渉では「それなら日本も試掘する」と言明した唯一の大臣だった（試掘案は二階大臣が交代直後に取り下げた）。

彼は「核に囲まれた日本を守るためには核を持つ持たないではなく、まず論議すべきだ」と勇気ある発言をして各界から非難されたが、筆者も論議まで禁ずる世論に疑問を感じる。国防論議はゼロベースでするべきで前提は不要と思うからだ。斬新な国際感覚に基づく金融政策で欧州の小国にも感謝されたとも聞く。

自民党の凋落《ちょうらく》の中で、あのへべれけ会見が命取りとなって失墜し辛い立場にあったが、保守本流で、確固たる国家観をもった数少ない政治家だっただけに惜しまれる。

民主党と思想の違いを明確にして、党勢拡大を図りたい自民党としては貴重な人材を失った。今後は彼と国家観を共有していた安倍元首相、石破茂氏や平沼赳夫氏などの動きに注目し、期待している。

〔二〇〇九年一〇月六日〕

日本郵政斎藤新社長指名は国営化の布石か

日本郵政西川前社長の辞意表明直後、新社長に官僚ＯＢの斎藤氏が指名された。日本郵政会社には社長任命についての指名委員会があって、そこで人選した後に政府に承認を求めるシステムになっている。それに反する場合はいわゆるコンプライアンス違反で法に触れることになり、民間でこんな違法の更迭をやればすぐ訴えられる。まず社内の監査役が役員会に物を申すのが今の制度だがそれもなかった。日本郵政内の動きは報じられないが、大株主である政府への遠慮なのだろうか。まだ完全な民間会社になりきっていない証しだと思う。今回の社長更迭劇は、まさに政府が法違反を強行したことになるが法務省はどう考えるのだろう。

筆者は天下りに絶対反対ではない。いわゆる「渡り」を繰り返し、巨額の給与や退職金を受け取る制度を民間にバランスさせた常識的な処遇に是正すれば、有能な官僚を有効に活用することは国益になる場合もあると思うからだ。今回、怒りを覚えるのは野党時代にあれほど天下りを非難し、日銀総裁選出に当たって三人の大蔵官僚を官僚ＯＢという理由で、頑なに拒否した民主党が、政権についた後は「斎藤氏は退官後十四年経ったから天下りでない」という詭弁を弄するのが、あまりにも国民を馬鹿にした欺きになるからだ。その一四年も官の息のかかった企業体に在籍したのだから、典型的な「渡り」人物といえるからなおさらだ。

彼は確かに有能かもしれないが官僚としてであって、今回の巨大な民間企業の経営にどう力を出せるかは疑問である。亀井氏としても民間人のセンスがないと巨大企業の経営は難しいと分かっているはずなのに、あえて官僚ＯＢを据えたことは、民から国へ、すなわち国営化への執念を持っているからだろう。

斎藤氏は細川内閣時代に小沢氏と密な関係にあって、例の潰された消費税率アップ案（三パーセントから七パーセントへアップ）を案出した男だから、今回の人事の裏に小沢幹事長の影が揶揄《やゆ》されているし、鳩山首相は間際まで彼の名前を知らなかったという情報まであり、何か民主党の暗さを感じる。

蛇足になるが、あるＴＶで細川内閣当時の官房長官武村氏は「今回亀井氏は斎藤氏を誉めるが、当時、私にはなぜ斎藤を切らないのか。とんでもない奴だと非難していた。亀井さんになぜこの人選か」と問いたいといっていた。時代が変わったとでもいうのだろうか。政治家の言葉は何を信用してよいか分からない。

亀井大臣は国営化を否定するが、株式譲渡の凍結、民間と異なる法律の適用、分社化の否定などから考えると、国営への逆行としかみえない。国営時代の重大な欠陥を除去するための民営化だったはずだが、国民は何を信ずればよいのか。過疎地のサービスの低下がよくないというのが表向きの理由の一つだが、それは現組織でも対策はあるはず。それよりも特定郵便局長の権益の復活が最大の理由ではなかろうか。

全ての大きな改革に一〇〇パーセント満足ばかりというものはない。必ず若干の「血は流れる」ものだ。それをなんとか是正しながら進めるのが改革。基本線を否定すれば改革は頓挫する。弱者を守るという主張は、往々にして改革に抵抗して既得権を守る常套の詭弁だから国民は賢く判断しなければならない。

〔二〇〇九年一〇月二六日〕

「事業仕分け」を公開処刑場にするな

「事業仕分け」が始まった。確かに公開は画期的な快挙と思う。最初から満点は無理と知りつつ、いくつか指摘したい。

一件数億円から五〇〇億あるいは数兆円の案件も含め一律に一時間で結論を出すのは乱暴だ。多額の予算削減を狙うのなら一件一〇〇億円以上の大型案件に絞り、審議時間を半日くらいに延ばした方が目的に適《かな》うのではなかろうか。

費用対効果の精査は重要だが、数字で予測しにくい教育関連案件に判定は厳しいようだ。例として子供の読書の支援策の二億円が廃止されたのは解せない。

また先端技術開発に関しては無理解さを曝け出した。

例としてスパコン（スーパーコンピュータ）とGXロケット。蓮舫大臣の象徴的質問、「なぜ世界一を目指すのか。二位では駄目か」に愕然とした。「先端技術の領域では二位では敗者」という「定理」を知らない人には先端技術の討議の資格はない。スパコンなしで技術立国はありえない。米国や中国も苦しい中でスパコン予算を増額しているのだ。新ロケットの開発も、周辺先端技術の発達を刺激するし、潜在的な防衛力向上を諸外国に認識させ、国際的な国の評価アップに繋がるという点がまったく理解されていないのには驚いた。

先端技術は金だけではないのだ。これでは長期的に国益を損ねる。

某官僚が嘆いた「公開処刑」の雰囲気が漂うがこれだけは払拭して欲しい。

〔二〇〇九年一一月一九日〕

政界は一票格差の違憲状態を厳しく認識せよ

広島高裁が昨年の衆院選の一票格差二・三倍について、昨年末の大阪高裁判決に引き続き二倍を超えるのは違憲と判断した。平成八年、一二年、一七年の選挙については上告審まで争われ、いずれも多数決で合憲とされたが違憲判決も徐々に積み重なりつつある。

一人別枠方式が格差増大の元凶とたびたび指摘されてきたが、政界は毎回姑息《こそく》な微調整でしのいできただけだ。両院とも抜本的なシステム改変を怠っている。

これまでの裁判で何回か違憲判決があったが、選挙無効の判決は記憶にない。政界はこの流れをみて一票格差を甘く捉えているのではないか。司法として行政の怠慢に対しては無効判決という厳しさを出して認識させないと、与野党の甘い対応は変わらないのではないか。

〔二〇一〇年一月二六日〕

谷亮子の参議院出馬に疑問

谷亮子が民主党から参院出馬と発表された。トヨタ社員時代にリコール騒ぎがあった時、彼女はトヨタ社員として小沢幹事長を訪問して善処を依頼したというが、以前から小沢幹事長から政界への勧誘を打診されていたという。しかし、二〇〇一年には自民党党大会に来賓として出席していたのだからこの一〇年間に思想の変化があったのだろうか。

ここのところ民主党からはそのほかに池谷幸雄、自民党では堀内恒夫、「たちあがれ日本」からは中畑清など、有名スポーツマンの出馬も報じられているが彼らはすでに現役ではない。職を持つ議員も多くいるから単純に非難はしないが、谷の場合、ロンドン五輪で「金狙い」となると大いに疑問がある。以前に橋本聖子の例があるが、現在は当時よりも議員への国民の要求や視線は厳しい。時代環境が変わっているのだ。

彼女は会見で、政界に入ってスポーツ振興に取り組みたいと述べていたが、議員になれば新人でも希望のスポーツ政策だけにのめりこむのでは不充分で、単に議決時の票数用の陣笠にならないために、福祉、財政から安全保障まで幅広い勉強が仕事になる。また選挙民との接触にもかなりの時間が割かれるだろう。

一方、金メダルを狙う柔道への努力も並大抵ではないはずだ。まず過去の栄光を持つ彼女としても、しばらく子育てでブランクがあるから五輪へ選出されるためにも従来以上の猛練習がいる。五輪選出の国際的な現制度では、数多くの国際大会で実績を積み重ねるためにたびたび海外試合に出場しなければならない。新議員としての活動と、五輪候補としての活動の時間配分だけでも両立できないのではなかろうか。議員の立場で五輪選手として金メダルを狙うという政治感覚というか、市民感覚はあまりにも常識はずれ。その考えに反対しなかった夫である巨人軍の谷選手も同罪だ。五輪での金を狙うプロ的な努力には、税金からの歳費を支払う気がしない。

これまで彼女は良識的なスポーツウーマンと認められてきたが、今回の立候補会見で評価を下げたと思う。どうしても政界に出るなら五輪挑戦からは退くと反省の弁を述べて欲しいが、私見としては彼女にはこの際は政界に出ずに五輪に専念して欲しい。政界に出るなら現役を退いてからでも遅くないと思うからである。

橋本聖子も二足の草鞋を履いたが、どちらも上手くいかなかったと述べている。スポーツ選手議員の在り方について、政界も選挙民も冷静に考える時ではないか。

〔二〇一〇年五月一二日〕

政治とは民意を満たすだけではなかろう

新聞の社説には思想が盛られているが、国民の何パーセントが読み切るだろうか。大部分の国民はＴＶ頼りで政治情報を入れるのが現在と思うが、ＴＶ局は公平な報道という原則があるから局としての主張はしない。ワイドショー的な編集で、基地、消費税、社会保障なども軽く討論することはあるが大抵は両論の物別れで終わる。どちらかというと政治不信に喘《あえ》ぐ国民の目線を配慮するのか、政府に対して批判的なスタンスが多いように感じている。

例えば消費税についても世論では「やむなし」が半数あるし、沖縄の基地についてもかなりの容認派がいるのに、「消費税反対、基地反対」の映像が圧倒的な民意として流れることが多い。一人の基地容認者の「嫌がらせを恐れて口を噤《つぐ》む」という投書をある新聞で見たが、こういう声なき声の紹介は稀だ。

最近の世論調査は電話による質疑が多いように思う。質問も回答者が即答できる程度のものだから、当面の希望とか反感がそのまま反映されることは確かだろう。それは物事を深く考え、将来を見据えた意見というよりも単なる感情の披瀝に過ぎないようにも思う。別な表現をすれば、世論調査は「ゲーム感覚での軽い質疑応答」ではないかと感じている。

世論とはそういうものだといわれれば、「ハイ、そうですか」と答えるしかないが、重要なことは、それを国レベルの将来にどう繋げるかは政治家が高い視点から判断することだろう。筆者のいいたいことはそれをあくまでも一つの参考資料と認識し、一喜一憂せずに自己の信念で国政を担って欲しいということだ。

ドイツのメルケル首相はギリシャ発進の財政危機に際し、「今後ドイツ経済は縮小する。国民は痛みを分かち合え」と公言し、当然民意は猛反発した。しかし彼女は「妥協は国の崩壊に繋がる」と考えて一歩も退かなかった。

我が国にも、かつて世論に抗して日米安保条約を締結したり消費税を導入した宰相がいたが、それで我が国は当時の難関を乗り越えられたという貴重な歴史があると思っている。

今の我が国の政治家は国民に「苦しいが耐えよ」とはいわず、アジアの異常な軍事的緊張にもあまり触れずに友愛・平和・穏便で解決したいと説く。民意に配慮しすぎではなかろうか。

〔二〇一〇年七月三一日〕

小沢前幹事長の検察審査会の議決の重み

一、経緯
検察はプロだから、起訴するからには九九パーセント有罪にならなければ苦しい立場になる。小沢前幹事長の取り扱いについて、検察内部や検察ＯＢには起訴できるという声が少なくなかったが、最終的に検察当局は「疑問はあるが、嫌疑不充分で有罪にする自信がないから」無念にも不起訴にしたわけで、素人にもシロでなくグレーということぐらいは理解できていた。

今回の二回目の検察審査会の「起訴議決」の判断で強制起訴が決まり、大方の市民の意向が反映され、私もすっきりした気分になった。議決要旨では検察の捜査を形式捜査と痛烈に批判し、「未解明な点があるので裁判でクロシロをつける」との表現で、私には良識を示した結論と思えた。

しかるに小沢氏は、これまで「プロの検察が不起訴といったではないか。法違反がないことがはっきりしている」と見栄を張ってきたし、今回はさらに「検察審査会は素人集団だからプロの検察と審査のレベルに格差がある」というようなニュアンスの発言もあり、ホンネとしては悩みはあるのだろうが表面上は強気だ。

しかし、検察審査会は決して素人集団ではない。しっかり弁護士たちが専門家のアドバイスを受けて審議しているのだ。審査会批判は法曹界のシステムを冒瀆する暴言と思う。

情けないのは、インタビューの場で時間がないのか、あらかじめ質問者とか質問内容を決めているのか（おそらくそうだろう）、「小沢幹事長、検察の不起訴はシロでなくグレーですよ。政治家はグレーでも問題ですよ」と二の矢を放つ記者が、いつもいないことだ。

小沢氏は直近、検察審査会の二回目の議決は、一回目に含まれてない内容が付加されているから違法で、議決全体が無効だと主張して政府に対して行政訴訟（民事訴訟）を起こした。与党の大物が政府を訴えるのも異常だが、基本的に刑事訴訟での不服を民事訴訟に訴えても意味がないといわれるのに、なぜそんな行動を起こしたのだろう。要するに時間稼ぎか自己弁護の宣伝ではなかろうか。

法の解釈で多少いざこざはあっても、審査会の議決が基本的には無効とはならないだろう。

二、裁判の予測

今度の裁判では、裁判所が指定する三人の弁護士が検察官役を果たす。今回審査会の審査補助員を勤めた吉田弁護士が主となるという話だが、今の流れでは有罪にこぎつけるのはかなり難しいのではないかといわれている。

それは裁判に使用される資料は、ほとんどこれまで検察や検察審査会が目を通し、検察が起訴にできなかった同じ資料で、「疑わしきは罰せず」の思想が基本だからグレーっぽい資料だけでは罪と断定しにくいと思うからだ。

舛添議員も、「市民感情では疑問が多い。しかしグレーでも罰しろというのはいわゆる魔女狩りになる」と市民の怒りに水をさす発言をしている。

大方の市民は自分自身がマッシロだからグレーをクロに近く推定するし、特に政治家のグレーを許さない傾向があるとしても舛添発言は市民としていろいろ考えさせる見解だと思う。

私が腑に落ちないのは、小沢氏の有罪無罪を論ずる時に相談や指示があれば有罪、秘書任せなら無罪という判断基準だ。法的には秘書有罪で小沢無罪のケースはありうると思うが、政治家は道義的責任だけで法的責任については無罪放免というのは、クリーンな政界への指向に反している。今後は連帯責任をとらせる方向に改定してほしいものだ。

三、裁判の小沢氏への影響

裁判で諸々の事象が明るみに出され、小沢氏が公共事業を背景に巧みに政治資金を集めて派閥の勢力を増大してきた姿がさらにはっきりするだろう。ただ、もし上級裁判まで争うとなると決着にはこれから数年かかる。彼も歳をとるし世の中も変動する。仮に最終的に法的にはシロで罪を逃れられても政治生命は終わるのではなかろうか。法的にシロの場合は彼には気の毒な面もあるが、長い間あまりにもグレーが濃すぎたので自業自得ではないかといいたくなる。

四、検察審査会の基本的な問題

審査会の結論である「グレーを裁判で決着つける」という思想には専門家間にも問題はあるという。審査会は検察と同じ資料に基づいて調査し、検察の不起訴に反対して起訴にしたわけだから起訴のハードルを下げたことになる。起訴の権限を持つ検察以外の組織が起訴についてのダブルスタンダードを発生させ、魔女狩りになる恐れがあるという考えだ。

しかし、そもそも検察審査会は独占的に起訴の権限を持つ検察の不当な不起訴を民意を反映させて改める（起訴に持ち込む）機関なのだから、検察と違った結論だからダブルスタンダードとなると切り捨てることは、審査会そのものを否定することになるのではないか。

ただ起訴のハードルを下げれば、裁判は増えるものの無罪は大幅にアップするだろう。その場合は、起訴されただけでクロ呼ばわりする国の文化を変えなければ人権問題に発展するという意見は理解できる。現に小沢氏も起訴決定で離党だの議員辞職だの揶揄されている。

〔二〇一〇年一〇月一七日〕

不可解な組織・民主党

小沢前幹事長は、最近カネ疑惑について「裁判になった案件を議会で説明するのは、三権分立に反する」と言い出し、議会での説明を希望する岡田幹事長からの面会要請に難色を示していた。ようやく四日に会談したが、その場で議会での説明をはっきりと拒否した。大幹部の要請を「一兵卒」が拒否する異常さがまかり通るのはどういう組織なのだろう。小沢派、反小沢派ともに党内ではその異常さをあまり問題視しないのはなぜだろう。

党の小沢派の重鎮輿石氏は、小沢氏の拒否発言の後も、「小沢氏の議会での説明で何も新しい情報は出ないと思うから時間がもったいない。必要なし」といったし、他の小沢派議員も説明に消極的な発言を繰り返している。

閣僚の与謝野氏もこの点に触れ、「刑事被告人は拒否権や黙秘権もある。あまり意味がない」といわれたことがある。

しかし野党は「議会での説明を」と拳を上げており、補正予算審議日程にも影響を与える段階になってしまった。筆者は三権分立云々以前の問題として、とにかく説明の場に立ち議会運営の正常化に資するのが小沢氏としての国民への「義務」で、出ることによって事は一歩進むと思っている。

民主党は党代表や幹事長の意向を、そこまで頑なに拒否する「一兵卒党員」を懲罰にかけられないのだろうか。常識的には離党か除名ではなかろうか（渡部恒三議員は離党しかないといっていた）。

小沢氏の隠然たる力に靡《なび》きながら沈黙する陣笠クラスの小沢支持の議員は多いが、政府や党幹部はその数を恐れるのだろうか。党として組織の統制のイロハが欠如していると思えてならない。民主党とはマカ不可思議な組織と思う。

〔二〇一〇年一一月四日〕

参議院のあり方と一院制

正月に中曽根元老は自民党谷垣総裁に、「野党の目標は政権交代」と小沢氏のいつもいっていることと同じようなことをいっていた。国民はこの危機に際しては、政局よりも政策で国民の生活を最優先にして頑張ってもらいたいので、中曽根さんとしては大先輩としてあまりにも自民党の不甲斐なさに嘆いたひと言だろうが、現今の発言としてはいただけなかった。

確かに民主党政権にとって参院の数字は厳しい。谷垣総裁が予算関連法案について参院でどう動くかで内閣の命運は決まる。しかし、仮に菅内閣が倒れて首相が交代したり、衆院解散となっても自民党が過半数を制する力はないから、国会の捩れと政治の混乱と空白が続き、国民にとっては不幸の継続となる。

政治に一〇〇点はない。国民には常になんらかの不満があり、もしメディアが焚き付ければ燃え上がる。したがって三年ごとの参院選挙は当面、必ず野党優勢の選挙になるのではなかろうか。それは捩れ国会の継続を意味する。

今のように、衆参両院が同じような選挙法で、同じような顔ぶれなら二院制の意義がないばかりか、さらに捩れ国会の要因になるなら政治にとって弊害になる。早急に法的な衆院優位システムを更に強化させるか、参院の選挙制度を改革して衆院と違った性格づけを狙うべきではなかろうか。さらにいえば一院制にしてもいいと考える。スッキリするし節税にもなる。議員自身からは言い出さないし、言い出しても身を守る本能から先送りの連続で事は進まないだろう。メディアを先頭にして世論で盛り上げるしかないだろう。

〔二〇一一年一月一九日〕

前原前外相は甘さを克服して再起を

前原前外相は外国人からの政治献金受領で辞任した。鳩山前首相が壊した日米関係の修復に努力し、対中・ロ外交では以前から筋を通す言動で大いに期待していただけに残念だ。今回の政治献金者は彼を中学時代から支援してきた善意の韓国女性で、政治介入を企《たくら》む人ではなさそうだが、外人からの献金受領は金額に関わらず法違反だ。毎月五万円で計二五万円の小額だが、外相として知らなかったでは済まされず、政局で騒がしい状況では辞職もやむをえないと思う。しかし小沢、鳩山両氏の場合のように億単位の巨額のカネでないので世論でも辞任不要が約半数いるし、世が世ならばこれほどの騒ぎにならず陳謝で済んだかもしれない。

考えれば一国の大臣が重要な政治の資料を検討する一方で、五万円の出入りを記載する帳簿にも自ら目を通す姿はいかにも滑稽ではないか。今回の金額はまさに秘書レベルの問題、さらにいえば一担当者の処理範囲ではなかろうか。彼は政治家がよく使う言葉、「秘書に任せた」とは決していわずに自分の責任とだけいうが、この程度の仕事を秘書任せにするのは普通だと思う。その秘書が外人の献金というキーワードを軽視していたために一人の政治家を失脚させたといえる。おそらく秘書たちは慙愧の涙を流しているだろう。彼は以前、党代表時代にメール問題で失脚したことがあるが、今回は二回目の失態。管理の甘さが未だ抜けないのだろうか。実力はあるのだから取り巻きの人選やアドバイザーの人選の仕方について再考すべきだろう。

この辞任は管政権にとって大きな痛手だが、長期に亘って議会を紛糾させるよりはましだ。新しく任命された松本剛明氏の凛とした外交に期待したい。彼は前原前大臣の路線を歩むというが、管政権に距離を置く樽床派に属し小沢氏とも近いという。これまでの上司が失脚した状況でどう動くのか、首相とどうタイアップするのか目を離せない。

前原氏周辺にはメディアによれば、この他にも若干カネについてグレー部分があり、その暴露を避けるための早期辞任という情報も流れている。それがないとしても長期にゴタゴタが続いて問責決議を出されたりすれば、ダメージが大きく政治生命の致命傷になりかねない。早めに退けば失脚期間も短くなるという強《したた》かな読みからの早期辞任かもしれない。彼は現在の政治家の中で特に外交面では数少ない人材と思う。もし要求されれば説明責任を果たした後に堂々と再起を目指してほしい。

〔二〇一一年三月七日〕

新党「減税日本」の動きをまだ理解できない

河村名古屋市長は、「市会議員の報酬は高く、事業をしながら議員活動をしている人がいる」と殿様議員を批判したり、市長自身の報酬を大幅にカットするなど市民にはわかりやすい言動を続けた。その主張は市民の共感を得やすい。

ただ市政はあくまで市長と市議会との建設的な討議を通して進めるべきなのに、やや感情にかられて劇場的な選挙に走ったようにも感じるが、市民にはあまりにも分かりやすかったので選挙に圧勝し、市議会解散を決める投票にも勝利した。

しかし新しく結成した新党「減税日本」は、三月の市議会選挙に議会の運営を握る構想で定数の過半数を超える四一名の候補を送り込んだが、二八名の当選に終わり過半数には達しなかった。今後、市長の減税政策などには波乱が予想される。ただ第一党を占めたことは立派で、既成政党は議席減少の事実を厳しく検証しているだろうし、他の都道府県への影響も大きいと思う。

新党「減税日本」は勢いに乗って国政に乗り込む計画で、すでに市長の元秘書の民主党国会議員一名を引き抜き、国会参入の足がかりをつくっている。しかしそもそも新党「減税日本」の政策については、市民税減税と議員報酬削減以外の政策は全国紙ではあまり取り扱われずに一般には分かりにくい。名古屋市民や愛知県民もどの程度理解しているのだろう。

国会は今でこそ低次元の駆け引きに明け暮れているが、本来は税のほか、財政再建、憲法問題、普天間問題、社会保障、安全保障、教育など国家像に関する論議の場だ。直近は大震災後の復興という大問題を抱えている。その中で民主党の小沢派との提携や大阪の橋下知事との連携などの動きだけが先行するような状態では、政策不在の野合のようで不快だ。とにかく新党「減税日本」は、国の政党としての政治姿勢に関する情報発信があまりにもプアだ。これからというのかもしれないが遅すぎる。行動の前に宣言すべきで順序が逆ではないかと思う。

直近の県議会選挙では大村知事を支える「日本愛知の会」とタッグを組んで闘った。確かに「減税日本」は名古屋市地区では善戦したが、県全体で「日本愛知の会」は伸びなかった。要するに河村市長の力は、まだお膝元名古屋市に限られ県内に広まっているとはいえないと思う。国政に出るなら党としての包括的な政策を国民に示すことがまず第一ではなかろうか。

〔二〇一一年四月一六日〕

イージス艦と漁船の衝突についての地裁判決を支持

平成二〇年二月に起きたイージス艦「あたご」と清徳丸の衝突事件について、横浜地裁は海難審判所の裁決を否定して二人の自衛官に無罪の判決を下した。筆者は当時、「一般論として大型船と小型船の衝突は小回りのきく小型船に責任があるのが国際的な常識」とコラム集（Sくんのコラム漫遊③下野新聞社・二〇〇九年六月）に書いたが、改めて報道された両船舶の航路を見てその考えを再確認することになった。

仮に検察側の主張する航路であっても、清徳丸がなぜ右に舵を切ったかが理解できない。左に切っていれば「あたご」の後方をすり抜けられたのではないか。また、弁護側の主張する航路は約六〇〇メートル南にずれているから舵を切らずに直進さえすれば、「あたご」の約一キロメートル後方を抜けることになる。裁判所はどちらの航路も採用せず、独自に漁船の航路を策定して漁船側に非ありと断じた。

検察側は両船の位置関係について僚船の船員の話として定量的に表現したが、裁判の中で「その船員は単に定性的な説明をしただけなのに、検察が定量的な表現を示し船員がそれに同意した」という不適当なやり取りが明るみに出された点など、裁判官には検察のやり方に不信感があったと思う。

当時のメディアは「悪はイージス艦で善は漁船」という主張のオンパレードだったが、筆者は、海難審判所も検察も好ましくないことだが、この世論に影響され「『あたご』に過失ありき」という思い込みで検証を怠ったのではないかと思えてならない。

もちろん自衛隊側にも全く非がなかったかどうかは微妙な点もあるので、おそらく上級裁判に移るだろうから最終的な確定は先の話になるが、筆者は亡くなった船員や家族には気の毒だと思いながらも、これまでの情報から推定して今回の判決を支持したい。

被告になっていた自衛官は「海難審判を担当した海上保安庁は司法警察として不適切だ」と批判したが、一方で、死亡した船員の家族や漁業協同組合は当然不当判決として怒っている。立場が正反対だから当然の言い分だろう。

自衛隊側も今後この種の衝突の防止に努力しなければならないのは当然のことだが、世論もトラブルを処理する側も「海上での衝突は小回りのきく小さい船に非がある」という国際的な常識を認識することがイロハだと思う。外国では船の大小とは別に軍艦と遭遇する船は敬意を表して航路を譲るのが常識といわれている。今回の東日本大震災での自衛隊の救助活動で国民の自衛隊に対する認識はかなり改善されたとは思うが、我が国の自衛艦がそこまでの対応を受けるにはもう少し年月がかかるだろう。

〔二〇一一年五月一三日〕

コーヒーブレイク（妻からのひとこと）

「子煩悩」ならぬ「孫煩悩」の私です。孫との一幕で孫との絆に喜びがこみ上げました。

妻　眞木《まき》

孫の家族観に感動

九歳になる外孫と家族の話になりました。その中で彼は自分の家族として父母妹に加えて父母の実家の祖父母を加えて「僕の家族は八人」とこともなげにいったのです。核家族時代ですから当然親子四人という返事を予想していた私は、一瞬驚いて孫を直視し、同時に孫の心に拍手を送りました。孫の頭の中にはこれまでの接触を通して、「祖父母もわが家族」という気持ちが自然の流れで培《つちか》われてきたのです。私は触れ合いの仕方に間違いはなかったという満足感の一方で、果たして甘やかしすぎなかったかという反省の気持ちが起きたことは事実です。

成長につれて触れ合いの機会は減るでしょうが、この家族観をいつまで持ち続けて欲しいと願っています。敬老の日に彼からどんな声が届くのか楽しみにしている祖母です。

〔二〇〇九年九月一八日〕

孫との午後のひと時

外孫が来宅して宿題の算数をやっていました。ソっと覗くと分数の問題。私もちょっと興味を感じて「一緒にやろうか」といったら、「ウン」ということで久しぶりに問題に挑戦することになりました。数十年前の教室を懐かしく想い出しながら解いているうちに面白くなり、孫とどちらが早く解けるか競争することになったのです。

真剣に取り組んだが五年生の孫には勝てません。「僕の勝ち」と喜ぶ孫を見て、「ここまで成長したか」と満足感さえありました。「また、やろう」と帰る孫に、「今度は勝つからね」と笑い返した私。

親子孫の繋がりが薄くなっているといわれる昨今ですが、「こういう遊び心での孫とのやりとりもなかなかいいな」と感じました。更にいえば私自身の老化防止にもなるかもしれませんネ。

〔二〇一〇年一二月一八日〕

とちぎ駅伝に思う

駅伝の大好きな私。特に眼前を走り抜ける勇姿を見られるこの駅伝を、毎年胸を轟かせながら楽しみに待っています。今年も目当ての選手たちが当町を走る時刻をチェックして中継地点に自転車を走らせました。

第一走者が遠くに見えてきました。「どこのチームか」と身を乗り出す。全力で走ってきてタスキを渡したまま倒れこむ選手、時間切れで一斉スタートとなり、タスキを繋げずに涙する選手などに周りから「かわいそう」との声がとぶ。私もその一人ですが、すぐ後に「頑張ったね」の激励の言葉を忘れない。でもこの悔しさや涙は、彼らのこれからの人生に必ずプラスになるでしょう。

傘寿を過ぎている私ですが、すっかり年を忘れさせてくれたひと時でしたし、翌朝地元の新聞の解説報道も楽しく読みました。何にでも集中することは老化防止になるのでしょうネ。

〔二〇一〇年二月二日〕

パラリンピック情報を青少年の教育に

パラリンピックの放送は地味でしたが、毎日の新聞記事に感動しました。多くの選手は一瞬にして障がい者となり、中には死を考えた人もいたようです。家族や友人の励ましで必死に再起して練習に励んだ結果の出場、健常者の何倍もの悩みと苦労の連続だったでしょう。メダルを取った選手の多くが、このメダルは家族のおかげと感謝していました。祖父のミスで障害を受けながらダブル金に輝いた孫が、「祖父の首にかけてあげたい」と誇らしく笑った映像には涙でした。惜しくもメダルをとれなかった選手にとっても参加できただけで素晴らしい栄誉です。

暗い事件が多い世の中で、この選手たちの活動は市民の気持ちを和ませました。障がいがあっても、努力すればこのように素晴らしい経験が積めるということを青少年の教育に是非生かして欲しいものです。

〔二〇一〇年三月二二日〕

東日本大震災の遺児を励ましてあげたい

東日本大震災の悲惨な状況が連日放映され、何度涙したことでしょう。特に親を失った遺児たちのこれからの長い人生を考えると胸が締め付けられます。

ある日、憔悴しきった父親に抱かれながら母親の遺影の前で微笑《ほほえ》む幼児の姿が映し出されました。あの子はまだ母親の死を理解できないでしょう。現実を知った時の心のうちはどうなるのでしょう。三歳で母を亡くした私には、遺児たちのその時のショックと悲しみが痛いほど分かり、私は泣きました。そして「お父さん、心を持ち直して子育てに努めてください」と思わず映像に話しかけました。

母親と二人で瓦礫《がれき》の街を父の遺体を捜し続ける高校生もいました。「お父さんと二人分親孝行をしてね」と慰めたいい気持ちで一杯です。さらに両親を亡くした小学六年の兄と二年の弟が画面に出ました。昼間は野球部の練習でかすかな笑顔を見せていましたが、夜兄弟でどんな話をしながら眠りにつくのでしょうか。おそらく兄さんは気丈に弟をいたわるのではないでしょうか。そして弟が眠った後、兄は寂しさで震えるのではないでしょうか。

それでも祖父母や親戚に引き取られる子供たちはまだいいかもしれません。全く身寄りのない孤児になってしまった子供たちも大勢いるでしょう。津波の残酷さについて神に恨みを言いたいくらいですが、とにかく今回はそういう可哀そうな子供たちが集団でできてしまったのです。

彼らにはそれぞれ個性もあるし能力もあります。国や地方自治体は彼らの救済に精一杯力を入れ立派な成人に育て上げて欲しいと思っています。今の時代です。適切に指導して大学で学ばせることまでできるのでしょうか。彼らが成人式で国や自治体に心から感謝の言葉を述べられるような生活を送られることを願っています。それが犠牲になられた多くの方々への鎮魂となると思うのです。

〔二〇一一年四月一五日〕

COPは国際的エゴ劇場

温暖化に関して一年半の期間に文章は四点になった。内容に一部重複があるが、あえて編集しないまま掲載した。その間、国際舞台でほとんど事が進展してこなかったということを物語る。

温暖化ガス排出二五パーセント削減については強かな外交力を望む

鳩山首相は、国連で日本のCO2を九〇年比で二五パーセント削減すると宣言し海外では好評を博した。以前から国内では産業界への悪影響や各家庭の負担増が揶揄されていたが、直嶋大臣は「大量排出国の共同歩調」が前提といっていたし、今回の演説もこの点を明言している。

しかし大統領のエコの姿勢に根深い抵抗を示す産業界を抱える米国、「温暖化は先進国の責任だ」と頑《かたく》なな中国をどう仲間に引き込むかが鍵。大量排出国、米中両国の同意なしでは地球規模での対策にならないからだ。

日本は珍しく国際舞台で指導性を発揮した形となったが、米中両国の同意がない間は突出した先行策は懐にしまって、「正直国が馬鹿をみぬよう」国民生活を守る強かな外交に徹すべきだ。

〔二〇〇九年九月二六日〕

国際協調の困難さ

温暖化対策で京都議定書が発効したのは二〇〇五年。しかし二〇〇九年八月現在で締結国数は一八九だが、署名国数は八四に過ぎない。オバマ大統領は直近、日本や中国を訪問した時に立派なことをいっているが、国内産業界の反発があって依然として唯一の非締結国という事実は国として言行不一致といえる。

京都議定書当時、各国に削減パーセントの目標が課せられた。すでに省エネを進めていた日本は遅れていた国と同じ程度の削減パーセントを課せられ、国内では外交の拙劣さを批判された。

我が国では、この目標はまず達成できないといわれているが、罰則もないし何よりも世界最大排出国米国がテーブルにつかないままの取り決めだから、国際的にもいかにも緩んだ目標となってしまって国としての取り扱いにも緊張感がない。

その後、議定書は二〇〇六年、二〇〇八年に改定された。その間に何回かサミットなどの首脳会議で重要課題として取り上げられたが、毎回、長期の削減目標は合意されても、短期中期の具体的な数値目標はセットできないままである。各国の利害が一致しないので、毎回玉虫色の共同声明で終わっている。

基本的には毎回先進国の削減が要求される。巨大排出国中国を先頭に発展途上国は、「現在の温暖化は先進国の責任だ。先進国は厳しい省エネに努力して削減義務を果たし、発展途上国にもっとエネルギーを消費させろ」というホンネを曲げない。また最多排出国米国は自国の産業界の反発で、大統領の宣言に反して削減には消極的。これらは国レベルのエゴとしかいえないが、国際的のこの構図はなかなか改善されないのではないだろうか。

あの洞爺湖サミットでもその流れだったし、今年（二〇〇九年）の七月の主要国首脳会議（ラクイラ・サミット）も、二〇五〇年までに八〇パーセント削減を目指すという長期目標の宣言までで終わった。直近の二〇〇九年一一月の日米首脳会談も、二〇五〇年までに八〇パーセント削減を目指すというラクイレ宣言を繰り返したに過ぎない。

誰も劇的な削減を謳う長期目標の設定に異論はない。しかし四〇年先の目標よりも、中期短期の国別目標のセットとそれへの対策こそ重要なのだが、そこになると国の利害が絡んで国際的にまとまらないのだ。

一二月にCOP15で京都議定書後の二〇一三年以降の国際的枠組を決めることになっているが、筆者としては依然として国際レベルではスッキリした目標のセットができないと予測している。

その中で日本は鳩山首相が積極的に二五パーセント削減に取り組み、「先進国と共同歩調」という前提が遂行されないのに実行面で先行している。二五パーセント削減は国内産業に厳しい影響を与えるし、国民に何がしかの負担を強要することになる。国益を犠牲にして国際的な「受け」を狙ったとしか考えられない。我が国は今、国も国民も四苦八苦なのだから、そこまでいい格好をせずに景気対策や財政再建で自国民に恩恵を与えた方がいいのではないだろうか。国際社会は、生臭く国益を追求しながら外交戦争を繰り広げる社会である。国として他国に感謝されても必ずしも恩を売れるとは限らない。国というものは本質的にこの点はドライなものだ。

残念ながら、中短期の国別のCO2削減の取り決めは、現状以上に相当厳しい環境破壊が現実化されるまでは具体化せずに玉虫色の共同声明の繰り返しになるだろう。かつてのように米国一国が強大国の環境なら国際的な管理ができたかもしれない。

しかし、現在は米中二国が強国になっているし、その二国が巨大排出国にもかかわらず削減に表面は賛成しながらホンネでは消極的だから、地球規模での温暖化対策は非常に困難といわざるをえない。

もちろん国として、また国民として企業として省エネに努力し少しでも環境破壊を防ぐのは立派な行動で必要だ。ただ国として国際的な舞台でこの問題を処理する場合には、国益を充分に配慮しながら各国間の協調体制を図るという姿勢が必要と思う。

我が国が率先垂範することは崇高なことであるが、果たして他国を引っ張る実力があるのだろうか。鳩山首相の二五パーセント削減は、そこまで考えた上での決断だったのだろうか?

〔二〇〇九年一一月一九日〕

COP15での国際的な鬩《せめ》ぎあい

COP15は最悪の結末に終わった。会議では、途上国は先進国（米国は未締結）だけに削減義務を課した京都議定書をそのまま延長しろと要求していたが、その延長だけはなんとか避けられて、我が国の関係者はホッとしたと思う。しかし会議としては先進国と途上国の確執が激烈に表面化し、最終的な合意ができず「合意に留意」という、なんというか玉虫色よりも遙かに甘い過去最低のまとめで終わった。

地球環境対策には、世界の各国が真剣に取り組まなければならないのはもちろんだが、米中二大排出国が本気にならなければ、地球規模での解決にはならない。しかし米国はオバマ大統領の何回かの声明に反して、議会では反対意見が強く、今回始めて数値目標を出したことを評価する意見もあるが、二〇二〇年で一〇九〇年比にすると、四パーセント削減という甘い数値だし、それも今後の議会でどうなるか不透明。

一方、中国は四〇~五〇パーセント削減と大きな数値を掲げたので「これは」と驚いたが、それはGDP対比なので二〇二〇年には一〇九〇年比どころか、現在よりも何割か増加するという数値だ。「温暖化は先進国の責任」とする主張（確かにそれは事実）を繰り返し、途上国としての権利に拘り、地球規模の省エネにはまだ消極的といえる。すでに核大国で外貨保有世界一、宇宙開発にも実績のある中国が途上国といえるかと疑問はあるが、貧富の格差、一人当たりのGDPなどでいえばさもありなんという感じもする。

ただ、その中国がアフリカなどとの資源外交の実績を重ねて全ての途上国を束ねて先進国への反発の旗振りを果たすので、いっそう会議の合意を困難にしている。これからも両サイドの対立がますます激しくなるだろうから、どこに解決の糸口が見つかるか筆者にはまったく予測できない。

省エネ技術で先頭を走る日本としては当然国際貢献をしなければならないが、一国でなく他の先進国、EUなどとバランスをとった共同作戦で米中両国に働きかけるのが重要ではなかろうか。しかしEUとも微妙な駆け引きが続くだろう。京都議定書ではすでに省エネを先行させていた我が国は、垂れ流しの東独を含むEUよりも省エネにかけてきたコストは大幅に高いのに、その評価はされずに不合理な厳しい目標を義務づけられた経緯がある。それでも鳩山首相は政権に就いた直後に、さらにCO2二五パーセント削減という高い目標を掲げたことは前述の通りだ（135頁参照）。

国としてそこまでの実力はないと思うのに、首相はCOP15でこの「二五パーセント」削減という数字を携えて米中両国を説得しようとしたが、先進国と途上国の闘争に揉み消されてほとんど効果がなかった。会議としての苦し紛れの最低のまとめでも、最終段階で目立ったのはオバマ大統領で、二五パーセント削減を叫んだ鳩山首相の影は薄かった。金はあるが「坊ちゃん」的な日本の発言力の限界を見せつけられたと思う。世界を説得させるには、や

は り国として軍事力をバックとした総合力がないと難しいということではなかろうか。現在の国力を判断し国益を配慮するならば、筆者としては一〇九〇年対比一五パーセント削減が適切と考えている。これでもかなり厳しい数字だ。

ＣＯＰ15の結論として、来年（二〇一〇年）二月までに各国で削減パーセントを決めるらしいが、パーセントの決定に際しては単に排出量だけでなく、先進国にはこれまでの省エネ努力を、途上国には経済発展の余地を勘案するのが公平と思うが、なんか先進国には厳しくという途上国の勢いに押されているように思えてならない。

ＣＯＰ15では気温二度までの上昇を許容したが、それですでにツバル国など南洋地域のいくつかの国が海中に没する深刻さを意味する。しかしＣＯＰ15の混乱から予測すると、地球環境がさらに致命的にならないと国際的にまとまらないのではないかという危惧さえ感じる。まさに国の業《ごう》を曝け出す武器使用なしの世界戦争だ。この戦争の平和的な終結を切に望みたいが先が見えない。

〔二〇〇九年一二月二六日〕

ＣＯＰ16での我が国の対応を評価

ＣＯＰ16が閉幕した。現在施行されている京都議定書が二〇一二年で切れるので、ポスト京都議定書後の枠組み構築が主題だった。我が国は世界でＣＯ２排出ナンバー１とナンバー

2の中国と米国が参画してない京都議定書を、両大国を含めた世界各国が参加する枠組みに変更することを主張してきた。

京都議定書参加国のCO2排出量は世界の二七パーセントに過ぎないが、米中両国で四一パーセントを占めるのだから、両国を外した取り決めでは意義が薄いという主張は正論だと思う。

途上国は、地球温暖化は先進国のエネルギー消費が原因だから米中不参加でも、とにかく先進国だけに削減義務を負わせた議定書の単純延長を主張し、自分たちは自主的な削減に任せてくれと言い張る。

中国は政治・経済的には、すでに超大国なのに厚かましくも途上国の立場に立ち、彼らを煽《あお》って同調させ、ポスト京都議定書の議論を避けて先進国の責任を追及するだけだった。

米国は温暖化対策に前向きな民主党が中間選挙で負けたため、華やかに振舞った昨年のオバマ大統領とは正反対で今回はおとなしい。黙って京都議定書の単純延長を願った。

EUは排出量取引制度をスタートさせており、かなり余裕があるのか地域の利益確保にマイナスのない条件付きで延長に賛成した。という状況で、我が国に賛成したのはロシアとカナダの二国だけだった。

我が国は最後まで主張を曲げなかったので会議では厳しい批判にさらされたが、米中両国が議定書に参加する考えがない上に削減義務を回避し続けることに対する非難がほとんどなかったのは一体どういうことなのだろう。両国はロビー外交で多くの仲間づくりに成功したのだろうか。

結局、会議の決裂を避けるため議定書の延長についての結論を来年のCOP17まで先送りにしたが、本質的な前進はなかったとみるべきだろう。我が国も最終的には先送り案に妥協したが、「仮にCOP17で京都議定書が延長とされる場合には拒否権を行使できる」という二行を付け加えさせたことは、極めて重要で自らの主張を通し切ったといえる。交渉団の頑張りを評価したい。

来年（二〇一一年）、仮に会議が決裂し、日本が拒否すれば削減の義務を負う国の排出量は世界の総排出量の二〇パーセントにとどまり、COPそのものの意義がなくなってそれは国際的な温暖化対策活動が頓挫することを意味する。人類としては大問題ではあるが、その場合、拒否権を行使する我が国は今年（二〇一〇年）以上に非難されるだろうが、CO2のナンバー1、2の超大排出国が削減の義務を負おうとしないことに最大の原因があると、米中両国こそ国際的に糾弾がされるべきではないか。我が国の交渉団の再度の頑張りの場になろう。

ただCOP16の決議に若干の救いもあった。それはCOP17で一応、米中参加の道をつくったことと、削減の実績を検証する制度を導入して、中国など新興国の取り組みを促す姿勢を明確にしたことだ。実は中国はその制度導入にも反対だったが、インドが仲介して納得させたという。

CO2削減問題討議のCOPは毎回、各国のエゴが剝き出しになり先送りが続いている。しかしその間、世界の平均気温は着実に上昇して、北極の氷や地球の各地の氷河も後退しつつある。このまま推移すれば温暖化に歯止めがかからず、地球と人類は滅亡することになろ

COPは国際的エゴ劇場

国	GDP		排出　CO2		単位GD　P当り
	金額(10億＄)	%	量(10億t)	%	CO2排出量(g/1000＄)
EU	18394	30	38	13	210
米国	114264	21	56	19	390
日本	4924	8	12	4	240
中国	4401	7	22	22	1480
ロシア	1650	3	18	6	1070
インド	1250	2	15	5	1180
世界	60690	100	294	100	484

(2008年度)

参考資料　日経10・12・12
　　　　　インターネット　(GDP　関連の数件)

う。もちろん何世代か後の話だろうが。

今回、我が国が京都議定書の延長に反対したからといって温暖化対策から手を引くということではない。各企業もそして各家庭レベルでも、地球の将来を案じて活動を続けることは変わりないと思う。ただ国としては、地球温暖化対策基本法案は国会論議が深まらずにたなざらしだし、鳩山前首相は以前に二〇二〇年までにCO2を二五パーセント削減すると世界にいい格好をしたが、産業界の解析では日本経済の見通しから考えれば無理との意見が多いというように、何か空回りしているように思う。

これから一年、我が国はEUなどと外交努力を傾けて米中の説得にかかることになるだろうが、おそらくこれまでの状況では両国の態度は頑なで説得は至難だろう。しかしまさに外交力を試す試金石と思う。

別表に世界各国のGDPと排出CO2を示したが、日本とEUの省エネ努力に対し他の大量排出国の遅れが明白だ。

米中両国が削減に消極的で、自国の経済発展だけを目指す中で世界のＣＯ２の四パーセントしか排出していない我が国が、率先して大幅な目標を自ら義務付けることは良心的な義務感と世界から賞賛されるだろうが、自国の経済発展の大きな足かせになることは確かで、国際競争力の衰退となり国益にならないと思う。

最後に環境問題について国際的に、概して地球温暖化論が支配的だが、温暖化を否定する有名な学者が大勢いるのも事実だ。彼らは温暖化をエセ科学と糾弾している。インターネットで様々な主張を見ることができるのでここでは触れない。彼らの論文を読めば素人にはそうかなと感じてしまうし、どちらが正しいかまったく分からないが、筆者は、現在は温暖化論を支持している。

ただ仮に温暖化が間違いであっても、化石燃料の有限性を考えれば省エネ行動を否定することにはならない。それが地球と人類の寿命を少しでも長くする活動になるからだ。

〔二〇一〇年一二月一五日〕

スポーツを楽しむ〔一―大相撲よ蘇れ〕

平成二一年秋場所・朝青龍の優勝に思う

大相撲秋場所は朝青龍が優勝した。手負いの白鵬も頑張り、両横綱の優勝争いはファンを沸かせた。特に優勝決定戦の死闘は見応えがあった。両横綱は他の力士との間の格差をますます広げた感じだが、その中で把瑠都だけが一歩抜け出したように思う。次の大関は彼だろう。日本力士の名が出ないのは寂しい。毎回のことだが甘さなのだろうか。

それにしても朝青龍の集中力の持続は立派で、土俵上での迫力は観衆を堪能させた。ただ長老や横審の間では稽古不足が不評だ。「稽古不足者に優勝させるな」という親方までがいた。

しかし、野球界では超一流選手は別メニューでキャンプを張る。部屋頭にとって指導者としての機能は別として自己の稽古は量でなく質だ。彼の場合、持久力の訓練に見えるような通常の稽古よりも、立ち会いの鋭さのアップ（TVで放映される稽古では磨けないと思う）、集中力の持続とアップ（これにはメンタルな訓練が必要か）を図ることで、さらに強さが増すと思う。要するに超一流力士は部屋の伝統とのバランスの中で、稽古についての各自の最善策を探り結果に繋げればよいのではないか。

彼にはもう一つ品格に欠けるという非難がある。その例として優勝を決めた直後にガッツポーズをとったことについて横審や世論で意見が割れた。「大相撲は他のスポーツと違う。神道に通ずるのだから敗者への労《いた》わりに反する行為は許されない」という意見と、横審委員長のように「あの程度は許容」とする反論がある。筆者は後者に賛成だ。

もちろん紳士横綱白鵬に比べれば品格全般として問題ありだから、親方や協会の指導を不要といっているのではない。諸々の生活態度の許容範囲について意見が割れているが、もう少し時間をかけて新しい時代の相撲道の構築に努力させてほしいと思っている。

〔二〇〇九年九月二九日〕

平成二一年福岡場所・白鵬は立派！　大横綱へ成長を期待

大相撲福岡（平成二一年）場所は文字通り白鵬一人の場所という感じだった。朝青龍は一一日目までは激しい闘志で全勝を続けたが、一二日目、日馬富士に立ち会いで変化されて苦敗を喫してからやる気をなくしたような萎え方で三連敗。一一日目に肩を痛めたという情報もあるが、横綱としてメンタル面での欠陥を露呈したとみている。しかし、千秋楽の白鵬との相撲ではかなり頑張った。この頑張りをなぜ一三、一四日目に出せなかったのだろうか、残念に思う。

白鵬は一五日間、まったく危なげがなかった。一一日目までの両横綱の全勝についても、朝青龍は勢いとスピード、反射神経で勝ち進んだ感じだったが、白鵬の方はじっくりの中に厳しさがあり、何か余裕さえ感じられた。一四日目の琴光喜との激戦も時間はかかったが危なさは感じなかった。

ある親方が、「今場所は相撲に幅があり、遊びを入れるというと誤解があるかもしれないが、相手に技を仕掛けさせるとか、自分で足技などを試す余裕さえ感じた」と舌を巻いていた。

全勝優勝のほかに、年間八六勝の最多勝も立派だった。しかも年間六場所、毎回優勝に絡んで、三回優勝、三回は決定戦で敗れた準優勝。彼の日常の言葉通り横綱の責任を充分果たしたと思う。天晴れといいたい。双葉山の六九連勝を目標に頑張って欲しいとエールを捧げたい。

彼の立派な点は、あの若さなのに人格的にかなり完成の域にあるということだ。私生活の行動に指差される情報はなく、相撲一途で、度重なる会見の場でも常に横綱の責任を感じていることが言葉の節々に感じられる。大横綱に成長するのではないか。

それにしても大関は今回もだらしなかった。魁皇と千代大海は限界としても、あとの若手はなんだ。把瑠都とか琴欧洲という体力抜群の力士があの体たらくでは相撲ファンが泣く。

琴光喜も毎回厳しい苦言を呈しているのだがまたもや期待を裏切った。あれだけ両横綱に善戦できるのになぜ八勝七敗に終わるのか。一五日間緊張を続ける気力がないということだろうか。猛省を促したい。

今場所の役力士の約半数は外人だった（番付で横綱二のうち一、大関五のうち二、三役四のうち二、計六名）。来場所躍進すると予想される栃ノ心も外人。日本人若手の頑張りを毎回言い続けているのに、いつになったら期待に応えてくれるのだろうか。そろそろ苦言を呈する気力がなくなりそうだ。

〔二〇〇九年一一月二一日〕

平成二二年初場所・日本人力士の躍進はいつか？

大相撲初場所は朝青龍が優勝した。彼は横綱としての種々の問題を抱えながらも、直近の白鵬時代到来の評判を見事に覆したのは立派だ。今場所は勝負に執念を感じたし、単なる荒々しさでなく緻密な円熟味さえ感じられた。特に終盤に巨体の外人力士、把瑠都と琴欧洲を土俵中で横転させた体力・瞬発力・技術は素晴らしかった。

今場所の白鵬は、昨年の素晴らしい実績で油断があったのか土俵上でもうっかりミスで星を落としたし、土俵入りでもせりあがりを抜かす大ポカを犯した。彼も人間だったのだろう。ただ千秋楽には朝青龍に勝って面目を施したのは救いだった。

両横綱と大関以下の実力の格差は大きく、今年も両横綱で優勝を分け合うのではなかろうか。それにしても老体の魁皇は限界で、琴光喜は途中休場、他の大関二人と好成績の把瑠都までのベストファイブは全て外人。毎回だが、日本人力士の躍進はいつになるのだろう。最後に朝青龍は場所中に泥酔して暴れたという。本場所中に酒場で暴れるとは本来ならば出場停止になってもよい不祥事だ。まして横綱なのだ。協会も親方も甘すぎではないか。横綱としての自覚について猛反省を促したい。

〔二〇一〇年一月二五日〕

平成二二年初場所・朝青龍は残念だが引退しかない

平成二二年初場所、朝青龍は二五回目の優勝を成し遂げ、強さでは依然角界第一人者を証明したが土俵外で致命的な暴行を犯した。警察の事情聴取の有無や被害者との示談がどうであれ、場所中に横綱が未明まで酒場で泥酔したことだけで相撲道を汚す重大な不祥事で懲罰に値する。

彼は過去に何度も厳重注意の処分を受けてきたが、今回は犯罪になる暴行でこれまでと異質の事件だ。

彼が大相撲の営業には実力横綱としてまた一人の悪役として長年貢献した功績は認めるが、今回の角界のトップとしての暴行は弁解の余地がない。協会も解雇しかないと思う。しかし解雇の場合は栄誉ある優勝記録を消滅させることになるという。

この際は自発的な引退を申し出させ、協会がそれを承認するのが最良の道と思う。優勝記録は残るし、それが彼の協会への大きな貢献に対する「愛」ある裁きだと思う。

〔二〇一〇年二月一日〕

力士社会を聖人グループに仕立てるのは疑問

大相撲の賭博問題で四日の協会の会見に際して、白鵬ら花札組も顔を揃え代表として白鵬が謝罪した。仲間内の花札賭博は一〇〇パーセントよいことかと聞かれれば「イエス」とは答えられないが、花札に限らずゴルフ、マージャン、トランプ、囲碁、将棋など多くの遊びごとに庶民感覚で数千円から一、二万円程度の金銭を賭けることは、大企業の幹部から社員、公務員、スポーツマンなど一般社会の間ではあまり問題にされていないと思う。筆者もかつてはマージャンでは、そのスリルを楽しんだ経験はある。考えれば巷のパチンコも個人の遊びだが賭博性があろう。愛好者の話では一日に数万円の稼ぎや負けは珍しくないという。

今回処分された大嶽や琴光喜は扱った金額も桁違いに高額で、背後には暴力団の影があるらしく厳罰は当然だが、力士社会の場合には、閉鎖系の環境も配慮し、一般社会人と同程度の遊び（賭け）くらいは娯楽として許容すべきではないか。エスカレートさせない管理を適切に行なうことは必要だが、力士社会を聖人グループに仕立てるのはいかがなものか。

〔二〇一〇年七月五日〕

平成二二年名古屋場所・白鵬に百点満点を

大相撲名古屋場所は白鵬が三場所全勝、四七連勝の大記録で優勝した。三場所全勝は一場所一五日制になってからの新記録だし、四七連勝は双葉山の六九、千代の富士の五三に次ぐ史上第三位に当たる。

野球賭博騒ぎで異常な場所だったが、本場所は彼の記録挑戦に辛《から》くも支えられたと思う。まだ二四歳、若いのに横綱の自覚を備える人格者で、表彰式のインタビューで「国歌を歌いながら天皇賜杯がないのに寂しさを感じて涙した」と答えたが、私は「国歌」という言葉を発した彼に、モンゴル人ながら国技相撲に溶け込んで力士の先頭に立つ責任感を感じ立派だと思った。大相撲を愛し大相撲に徹する彼を日本人かと錯覚するくらいだ。満点を与えたい。

幕内四一力士のうち一七名が外国人に占められているし、三役は九人中六人が外人。解雇と謹慎休場力士が計七名だったから、出場幕内力士の半数を外人が占めることになった。さらにいえば、千秋楽の三役揃い踏み六人中、日本人は稀勢の里ただ一人だった。

「日本人力士よ、なんだ」と叫びたい気持ちだが、ここ数年、毎場所同じ感じを持ち続けてきた。基本的には日本人力士の甘さだろう。子供時代からのハングリー精神の欠如によると思うが、それは日本人共通の悪しき慣習になってしまっているので矯正というか改善はなかなか難しい。学校・家庭どちらもその面の教育指導はプアだし、別な言い方をすれば厳しい挑戦を忌避する性格と慣習が蔓延しているといえよう。

企業では出世よりも平穏なサラリーマン生活、転勤や留学も避けたい、教育界でもストレスのかかる校長はゴメンという風潮。日本人力士にも、これに類する気持ちがあるのではないか。関取までにはなりたいが、なってしまったら怪我をしないでほどほどに頑張る、そんな土俵態度を見るような相撲を時々見かける時がある。

話はそれるが、ある若者を対象とする調査で「もし国が攻められたら君は国を守るか」というアンケートで日本は「守る」と答えたのは一五パーセントで、先進国ではダントツのビリだった。情けないが、それが今の日本の若者の意識。ちなみにビリから二番目はドイツで、それでも日本の倍の三〇パーセントは守ると答えた。中国、韓国などは八〇～九〇パーセントの高い国防意識だし、最高はベトナムの九五パーセントだったという。

要するに日本人のこの甘さが相撲界にもあるので、厳しい外人に席巻されていると思えてならない。しかし、前述したようにこれは若者の教育についての国の姿勢から考え直さないと改善できないが、現在の政治家にこの問題を真剣に取り上げる意志はまず見られない。安倍元首相にはその気持ちはあったようだが失脚後はおとなしい。困ったものだ。

話を戻そう。琴光喜が去り、魁皇の年齢を考えると日本人力士の一番手としては稀勢の里しかないと思っていた。気性も激しそうだし相撲に勢いもある。ここ数年、毎場所期待してきたがなかなか伸びず、今場所もアッサリ負け越した。素人から見ても対戦相手ごとの戦法についての研究不足で相撲が淡白過ぎると思う。ただがむしゃらに頑張れば勝てるというほど今の相撲は甘くないことを本人は十分に分かっているはずなのに、とにかく負け方が悪い。技術面のほかに、メンタルな面での親方の指導にも問題があろう。再挑戦を期待したい。

他の日本人としては栃煌山、豊真将、琴奨菊、豪栄道たちが続くが、今場所の動きを見る限りほとんど同列に並んだ感じがある。彼らの熾烈な競争でとにかく大関を狙って欲しい。

NHKのビデオの抄録放映は「刺身なしの酒」のようで味気なかった。四分間の仕切りの間の両力士の仕草の観察や、解説者のコメントが大相撲の面白さの大きな部分を形成していることをあらためて知った。協会は早急に賭博問題を解決して秋場所までに正常化を図って欲しい。

〔二〇一〇年七月二七日〕

平成二二年秋場所の見所

大相撲の秋場所が始まった。今場所はいつもと違った意味で、いくつかの興味がある。まず例の野球賭博問題が発覚して異常状態で開かれた名古屋場所と違い、協会として一応の対策を打って少なくとも、型だけは正常な姿に復帰させた場所ということだ。力士たちも白鵬以下、事の重大さを認識して稽古に励んできた様子がメディアで報じられてきた。その成果を土俵上で実証してファンに示して欲しいものだ。

今場所の特殊な条件と関連するいくつかの見所を述べる。

一、白鵬の大記録

白鵬の言動には感心させられる。あるインタビューで「大相撲について自分たち力士が頑張らないと、この国がどうにかなってしまう」とコメントした。現実に大相撲の成り行きで国が傾くことにはならない。彼は日本語の使い方に、まだなれない点があるのだろうが、「力士たちが真剣に頑張らなければファンに申し訳ない。俺はその先頭に立つ」という意識が如実に出ていた言葉と思う。まさに一人横綱として日本人力士になりきったようだったし、「国技は俺が守る」という強い責任感の溢れる意思表明だった。誉めたい。

その白鵬の初の四連覇と連勝記録が大きな関心事だ。四連覇は間違いなく達成されるだろうが、問題は連勝の方だ。彼はすでに四七連勝している。私は初日の曲者鶴竜を少し慌てたが仕留めたので、千代の富士の五三連勝記録は書き換えられると予想している。

問題の一五連勝で優勝して六二連勝に達するかどうかについては可能性はかなり高いとは思うのだが、白鵬自身も記録更新に緊張するだろうし、誰しも「俺がなんとかして連勝を阻止したい」と考えて（把留都以外はガップリ組んだら力負けするから）、何か奇襲作戦を練るだろうから、何が起きるか分からない。そこに一発勝負の「怖さ」があるのだ。

ファンの一人としては一五連勝で優勝し、来場所にあの双葉山の持つ六九連勝への挑戦権を確保して欲しいと思っている。

それは白鵬と他の力士の力の格差のある状態を擁護する態度で、一方で「協会の発展のためには早く白鵬を脅かす力士の出現を望む」といってきたこれまでの希望と矛盾しているが

――。

二、十両の優勝争い

野球賭博の罰則として、名古屋場所謹慎となった力士は全員陥落させられ、雅山、豊ノ島、豪栄道など幕内実力者で数人が十両で相撲を取ることになった。相撲は一瞬の勝負だから彼ら実力者が全員取りこぼしなく勝ち続けることはないだろうし、当然彼らお互いの星の潰し合いもある。しかし今までとは違ったレベルの高い十両力士の相撲が見られると思っている。それに通常の昇進力士も力をつけているだろうからその新旧両派の星の潰し合いと優勝争いに大いに興味がある。

三、魁皇の大関確保（角番脱出）は？

魁皇は先場所負傷して途中休場し角番になっている。今まで長年、何回か角番を脱出してなんとか大関を確保してきた人気力士だが、最近は歳で粘りがなくなっているし、病み上がりで条件が厳しい。果たして角番脱出となるのだろうか。歳には勝てないかもしれないが、八勝ギリギリでもいいから大関を確保して欲しい。

その魁皇はスピード勝負に適する筋肉質の力士が大勢を占める中で典型的「あんこ型」のお角力さん、最近はスピードに負けてオロオロする場面がたびたびあるが、その脆さもまた判官びいきの感情を高ぶらせるのかファンも多い。私もその一人だ。彼は福岡県直方出身だ。一一月の福岡場所まではぜひ大関を張らせたい。

大関の角番ルールは甘すぎると、何度かいろいろな場所で苦言を呈してきた私だが、この魁皇にだけはその甘い角番ルールで救いたい気持ちになってしまう。魁皇の人柄に魅せられるせいだろうか。

四、野球賭博処分力士の影響で大躍進した力士の活躍

前述したように賭博で実力以上に陥落した力士とは反対に、番付編成の関係で実力以上に異常に躍進した力士が幕内にも十両にも何人かいる。彼ら多くの力士は上位力士の実力に厳しい洗礼を受けるだろう。仮に中日で負け越しになってもこの上位での相撲を最高の経験と認識し、自分の力を一〇〇パーセント発揮して次場所に生かして欲しい。まだ始まったばかりで「無理だろう」と推定するのは彼らには失礼だが、番付は正直と思うのであえて予想を記した次第。

今場所はNHK放映もあるし天皇賜盃もある。外部表彰も再開され懸賞も(名古屋場所では二四二本に激減)、九四九本と夏場所程度に戻る見通しという。呼び出しの着物広告も全七社が復活したなど外見は正常に戻ったといえる。

ただ観客の入りだけはまだ戻っていないという。協会として一〇〇パーセント問題解決とはいえないと思うが基本的な対策は立てたと思う。

ファンとしては、大相撲が今場所を機会に文字通り正常な状態に復活することを願っている。

〔二〇一〇年九月一三日〕

平成二二年秋場所・まさに白鵬場所だった

一、白鵬の実力と言動を讃える

大相撲秋場所は白鵬が四連続優勝、しかも六二連勝を成し遂げて一一月の福岡場所に、あの双葉山の六九連勝に挑戦することになった。素晴らしい。賜杯を受けた直後のインタビューで、「私は運がいい。しかし私は一年三六五日、いろいろなことに挑戦して努力しているので神様が運を与えてくれた」と静かに自信を持って話したが、これがモンゴル人かと思うほど日本人的な感覚を備えていると感心した。

優勝後、何度か多くのTVに招かれて努力の中味について触れていた。もちろん稽古熱心についての話はあったが、相撲道の心技体について双葉山や大鵬という大横綱に関するいろいろな本を読んで勉強していることもよく分かった。

彼は天性の体、運動神経をベースに、攻めの早さ、差し身の上手さ、巻き返しの早さのほか諸々の技術の鋭さを磨いた。力だけを比べたら把留都や琴欧洲の方が勝るように見えるが、総合力でかなり差をつけていると思う。自信に溢れた態度や言動がついてきて、今場所はまさに磐石の感がしたが、体・技のほかに心の面でも相当高まった領域に達しているように思う。まだ二五歳の若さなのに立派だ。

周りの力士たちが弱すぎるということもあろうから勝つのは当然だが、彼には単なる優勝でなく今後も価値ある全勝優勝を望みたい。全勝と一四勝一敗には大きな差があるし、まして二敗以上した優勝では彼には物足らないからだ。

人間は誰でもミスを犯すし、そのミスを克服して成功に向けて進むのが普通の人間社会だ。例えばゴルフの場合はOBというミスがあっても、滅入らないで頑張れば優勝できることもある。しかし相撲での全勝とは、一五日間ミスを許さない条件で初めて成し遂げられる厳しさがある。彼にはそれを期待したいと思っているのだ。双葉山の六九連勝を越えて八〇から一〇〇連勝を狙って欲しい。

二、不甲斐ない大関陣

大関陣のだらしなさはなんとかならないか。若い大関からせめて一人は、一三勝くらいで白鵬を追いかけることにはならないのだろうか。体力を誇る琴欧洲と把留都、スピードを持つ日馬富士があの成績では話にならない。この三大関は一旦負け始めるとメンタルに落ち込むのか、負けが重なって優勝戦から脱落するという共通点がある。この点が矯正されないと白鵬を脅かす相手になれないと思う。

ただ魁皇については厳しくいえば大関のレベルにない実力まで落ちているが、あの性格、あの年齢で何度も角番をクリアして大関の位置を死守する努力について、判官びいきもあるが一応評価したい。

彼は途中八日目で五分の星になったので後半に大関、横綱戦を控えて今回は気の毒だが陥落すると予測していた。ところが予想に反して、まず把留都に勝ち、琴欧洲に破れたが、次に日馬富士をも破って六勝五敗にしたので、あるいはと期待するようになった。白鵬に敗れるのは当然で六勝六敗、その後は下位の相手。そして安美錦、稀勢の里に勝ってなんとか八勝にして角番を脱出。土俵上でなんともいえない微笑を表わした。千秋楽には気が抜けたか阿覧に簡単に負けた。

とにかくご苦労様といいたいし、優勝争いという面でなく特殊な魅力を感じる大関として評価したい。これからもいつ大関から陥落するかという状態にあるが、最期までの頑張りをファンとして応援したい気持ちだ。

三、稀勢の里に一言

数年前には、次の日本人大関候補と期待された稀勢の里は負け越しで、三役から落ちることになるが不甲斐なさは目を覆うばかり。一四日目に魁皇に破れて魁皇を角番から救ったことで魁皇ファンには喜ばれたが、自分はそこで負け越しとなり、三役から転落することになった。稀勢の里ファンとしては、なぜあの若さで老大関に負けたのかと怒り心頭だろう。筆者は彼には研究心が足りないと思う。前にも書いたと思うが単に一生懸命汗水を流して体を痛めるだけでは勝てない。相手を考えて、毎回作戦を変える工夫が彼にはみられない。親方も指導法に一工夫が必要だろう。今場所の状況からは、栃煌山や鶴竜に先を越されるのではないかと思う。しかしまだ若いのだ。一層の頑張りを！　そして単純な努力でなく、これまでと違った緻密な研究をといいたい。

四、十両への関心、その他

予測したように十両は野球賭博で陥落した豊ノ島、雅山、豪栄道の三人の優勝争いになった。実力からして当然だが、その中で豊ノ島が一四勝一敗で優勝した。三人とも来場所にはかなり昇進し、その次の来年初場所にはまた三役を狙う位置に戻るだろう。今後はつまらない道草をしないよう生活を管理して精進して欲しい。それにしても現在は年六場所になっているから、力のある力士はスピード出世ができる。逆に陥落も早くなるということだろうが。賭博事件のおかげで異常に昇進した新入幕力士の成績に関心があったが、記録的な遅い入幕力士旭南海は大きく負け越して十両陥落となった。いい経験をしたわけで捲土重来を期して欲しい。

もう一人の初の中国人力士蒼国来は、そう大きな体でないのに頑張って際どく勝ち越した。お見事といえる。二人とも現状では急に成長するようにはみえないが、地道な努力で上を目指して欲しい。

五、おわりに

福岡場所の番付はある程度予測できる。横綱・モンゴル一人、大関・欧州二人、モンゴル一人、日本一人、関脇・日本一人、モンゴル一人、小結・欧州二人。すなわち三役九人の中で日本人は魁皇と栃煌山の二人しかいない。国技としてなんとも寂しい。日本人力士よ、なんとしても頑張れ。それには頭を使って研究しろといいたい。この状況はなかなか変わるまい。相撲ファンとしては、日本人大関や横綱要望にあまり拘らないで、白鵬の連続優勝や連勝記録に関心を持つしかないのだろうか。

〔二〇一〇年九月三〇日〕

平成二二年福岡場所を振り返る

一、はじめに

大相撲福岡場所は久しぶりに白鵬独走でなく、魁皇と平幕豊ノ島の三人で優勝を争う理想的な展開となり、ファンとして楽しんだし協会も安堵したことだろう。白鵬がもう少し頑張って後半まで全勝だったらという気持ちもあったが欲はいうまい。

優勝に絡んだ三人と、その寸前まで並んでいた把瑠都を入れた四人が場所を盛り上げた立役者といえる。いくつかのトピックスがあるので振り返ってみよう。

二、連勝ストップしたが白鵬の強さ

白鵬が二日目で早くも敗れ連勝はストップし、双葉山の六九連勝記録更新はならなかった。七〇年ぶりの新記録達成とならず残念にも思うが、日本人の大記録をモンゴル人に塗り替えられなかったことも良しという微妙な感情が走ったことも事実だ。とはいえ歴代二位の六三連勝は文句なく立派だ。

双葉山時代は年二場所で、一場所一一〜一三日だったから、六九連勝するのに三年以上負け知らずに心身の管理をまっとうする必要があったが、現在は年六場所で、一場所一五日だから一年で記録更新ができる。

また、双葉山には玉錦という老練なライバル横綱がいたが、今は一人横綱。両方の記録の比較はできないといって、白鵬の連勝の価値を低く見る意見もあるが、そもそもスポーツの記録というものは、全て同条件で立てられるものではないという前提を認識しなければなるまい。六三連勝は文句なく立派だ。

陸上、水泳、野球、ゴルフでも靴、衣服、道具などは日進月歩だし、グランド条件にも革新が続く。どの記録も達成された条件は異なっている。記録を素直に受け入れて、その時期にそれに挑戦し、それを達成した選手たちを祝福してやればいいというのが筆者の意見だ。

白鵬でもう一つ感心したことは、記録達成が途絶えた翌日から立ち直って一三連勝して五連続優勝を果たし、朝青龍の持つ七連続優勝を目指す権利を確保したことだ。あの双葉山も六九連勝の後ショックがあったのか三連敗し、その場所は九勝四敗に終わったし、四五連勝でストップした大鵬は翌日から休場している。

白鵬も場所後に、「休場も考えたいが踏みとどまって頑張った」ともらしていたが、翌日から見事立ち直った二五歳の精神力は敬服に値する。

彼はモンゴル人だが、最近の発言から日本人以上の精神的な高まりを感じる。国技相撲をいかにして興隆させるか、一人横綱として責任を感じて勉強もし、頑張っていることをインタビューでの言葉の端々に感じる。優勝直後の土俵下の会見で、決勝戦を争った平幕豊ノ島の健闘を称えたことも、尊敬している双葉山の記録更新という目標は達成できなかったが、

「双葉山を現在の皆さんにより多く知っていただいたと思うので、恩返しができた」という言葉にも、日本人の心を宿しているようではないか。泣かせるではないか。心体技ともに、すでに完成の域に近いとも思えるくらいだ。

彼の強さについてはいろいろ研究されている。まずバランスのある体格が挙げられるが、先日NHKで興味ある番組を放映していた。

第一に体格に関係した点では、特に腿の筋肉が他の力士よりも比べられないほど発達して下半身の安定性に寄与しているという。第二には、体に天性の柔らかさがあり、会見した力士は「押しても何か自分の力が吸収されるようだ」といっていた。筋肉や関節の柔軟さなのだろうか。これは相手の力を発揮させないことに通じる。第三には、反射神経が抜群ということだった。ある信号を見て動作を始めるのに〇・一六五秒しかかからない。短距離世界第一人者ウサイン・ボルトが〇・一六四秒だそうだから、それと同等だ。

関連して特徴的な能力は、専門用語でいうと抜重成分なしで反応できるということだ。解説すると、普通の人はある急動作を始める時には、直前にわずかに体を逆方向に動かしてその反動で目的の方向に動く。例えば立ったまま垂直飛びをする場合、少し屈んでから飛ぶためコンマ何秒か飛ぶ跳躍が遅れる。しかし白鵬の場合は、屈まずにそのまま垂直飛びができるのだ。反動づけをしないで主行動に移れるので、相手に技の気配を感じさせないということになるらしい。

彼は双葉山のいっていた「後の先」を心がけて半年練習したといっている。要は横綱だから常時受けて立ち、その直後に先手を取るという戦法。稀勢の里に負けた原因について白鵬は、「勝ちに行き、一瞬先に立った」、「後の先」に失敗したからと分析していた。この呼吸の把握も、もう一歩ということだろう。

数々の身体的な優位性を持つ上に、精神的な修練を積んでいるのだから他の力士との力の格差は開くばかりということだ。しかし神様ならぬ人間だからまだ欠点はある。唯一の課題は初日に黒星が出やすいということで、メンタル面の緊張を克服されれば、さらに成績は上向くだろう。そして、NO2に大きな格差をつけている白鵬だから、再び双葉山の記録に挑戦して欲しいし、その可能性はあると思う。

三、魁皇の予想外の頑張りと大関陣の評価

魁皇は初日にあっけなく負けた時は今場所で引退かと思ったが、意外にもその後、連勝して優勝に絡んだ。直方出身だから場内の声援は盛大だった。

今場所は怪我がなく体調がよかったのだろう。三八歳でも体調さえ管理すれば、こんなに強くなるのかと正直驚いた。協会の解説者も全員予想外といっていた。よく気が入るという言い方がされるが、魁皇の場合、気が入って実力以上の白星に繋がったとしか思えてならない。

ただこれまでも、優勝の翌場所に大きく成績を落とした例がたびたびあり、五回も優勝したが横綱には上れなかった。したがって来年（平成二三年）安泰という予測はしがたく、来年一一月の福岡場所に戻れるか、どうかについても私は半々とみている。そのくらい体が傷んでいるとみるからだ。

把瑠都は久しぶりに大関の責任を果たした。彼の体格・体力からすれば当然だが、白鵬との相撲で実力の格差を感じたし、魁皇や豊ノ島との敗戦は、まだまだここ一番という場合に甘さがあるというよりも、一言でいうと経験未熟といえる。ただ基本的なことだが、背が高いのだから相手と同角度で組めば当然腰が高くなる。四つになる時にもっと腰を引いた戦法を研究すべきではないか。

琴欧洲のだらしなさは懲罰ものだ。あの体格と腕力で八勝七敗とは話にならない。メンタルな面の修練が必要と見る。出直せと喝を入れたい。

四、稀勢の里たち若手（七人の侍）の熾烈な競争を期待

稀勢の里が白鵬を攻め続けて大記録を止めたのは立派だ。彼は白鵬に千代の富士の五三連勝を越える五四連勝をさせた張本人だったが、今回は双葉山の六九連勝に近づいた白鵬の六四連勝にストップをかけた。ある種の雪辱を果たしたといえる。

彼はその後、何番か黒星をつけられたが、総じて人が変わったように動きが冴えていた。メンタル面の改善か。かつて双葉山の連勝を破った安芸の海も、最後には横綱にまで上った。稀勢の里は数年前まで日本人としての大関候補一番手だったが、ここ何場所かは沈滞していた。この金星を機に新たな決意で、まず大関を目標に頑張れ。

鶴竜・栃煌山の両関脇が、ようやく千秋楽で勝ち越しを争うという予想外の不振に終わった。特に栃煌山は今場所の成績いかんでは、来場所大関に挑戦できたかもしれないのに完全に振り出しに戻ってしまった。二人とも角界を担う若手だから、今後も激しい競争を勝ち抜

いて上位を狙って欲しい。

右記三力士に今場所優勝戦線に躍り出て一躍名を上げた豊ノ島、それに琴奨菊、豊真将、豪栄道を入れた七力士が、土俵上で激しく競り合いを演じて白鵬や大関陣に肉薄すれば、相撲ファンも喜んで声援を送るだろう。

五、角界にも栄枯盛衰

闘将土佐の海が十両で大きく負け越して幕下陥落の瀬戸際になった。関脇を八年張ったのは歴代二位、関脇・小結二〇場所の経験を三三歳二ヵ月で成し遂げたのは角界最年長、金星一一個は歴代二位、と立派な実績を持っているが年齢には勝てないのか。

三八歳でも大関で頑張れる魁皇もいるのだから個人差かもしれない。栄枯盛衰を感じる。本人は幕下に陥落すれば引退と仄めかしているが、なんとか十両の最後尾にでも残って来場所も関取として頑張らせたい気持ちだ。

北勝海が全休で来場所は十両に陥落する。栃木県民として残念だが仕方がない。彼の場合前頭上位で負け越し、下位で大勝の繰り返しだったが、時折まったくやる気がないような相撲っぷりがあって解説者が叱る場面が多い。性格かもしれないが、その点はなんとか改善しなければ大成しまい。捲土重来に期待するしかない。

北勝国という力士がいる。ほとんどの方は知らないと思う。元は十両だったが、平成二〇年春に怪我で八場所連続休場し番付から外されたが、今回ようやく復帰し、序の口で七戦全勝で優勝した。十両にいたのだからもともと力はあるのだろうが、メンタル面でかなり苦しい経験をしたと思う。角界を去らずによく頑張ったと思う。今場所に際し「お前、負けるはずがない！」と周りからいわれて緊張したらしいが、とにかく頑張って優勝できたと喜んでいた。偉いと思う。まだ二五歳だ。年に六場所もある。せめて早く元の十両まで戻り、さらにその上を目指して欲しい。下位力士の情報だが明るい話題だと思っている。

六、野球賭博での謹慎力士の三者三様

豊ノ島、豪栄道と雅山の三人の野球賭博経験者が幕内復帰した場所だった。もともと三人とも幕内上位の力士だったから、三人がどんな成績を残すか関心があったが三者三様だった。

豊ノ島は前述通り、優勝決定戦にまで残る殊勲を立てた。関脇の経験がある力士だから大きく勝ち越すとは思っていたが、正直いって実力以上の成績を出した。相撲におけるメンタルな面の影響については魁皇のところでいった通りだが、特に終盤になって大関把瑠都と魁皇を破った勢いにはその気合いが表われていた。フィアンセが熱い応援を毎日メールで寄せたというし、千秋楽に彼の優勝決定戦を場内で応援する可憐な姿が映されたが、彼女の熱烈な愛情が場所中の彼の心を一層奮い立たせたと思う。来場所が楽しみだ。

豪栄道は一二勝三敗だが、三役と当たらなかったのだから、豊ノ島の星とは比較にはならないもののまずまずの合格点。来場所は幕内上位で彼本来の地位で力を出せるよう稽古に励んで欲しい。

雅山だけが三人の中でなぜか振るわず九勝六敗に終わった。実績から考えて幕尻で、この成績は一体なんだろう。大関を張った力士だが陥落後は長年、普通の力士に落ちぶれている。

本人には失礼かもしれないが、幕内を上下して生活できればよいという甘い意識があるのだろうかと勘ぐってしまう。筋肉にも何か弛みが見えるし、現状ではあまり期待できそうもない。しかしまだまだ老け込む年齢ではないのだから意識を新たにして、カムバックを目標に頑張って欲しいものだ。

七、おわりに

野球賭博で大荒れだった平成二二年度の相撲協会も、最後に一一月の福岡場所で理想的な優勝争いを演じて幕を閉じ、一応安堵しただろう。まずまずの締めくくりになったと思う。来年以降も役員から力士を含め関係者総力で改革に努力してファンを楽しませて欲しい。

〔二〇一〇年一二月二日〕

平成二三年初場所・白鵬の突出

一、白鵬を誉める

大相撲初場所は予想通り白鵬が優勝したが、稀勢の里に連敗は無念だったろう。双葉山の六九連勝への挑戦はまた振り出しに戻った。いつもは相手力士より一呼吸遅れて仕切りに入るのだが、あの稀勢の里戦だけはなぜか異常に下がって相手よりも先に手を下ろしていたという。やはり「絶対負けられない」という意識が強かったのだろう。アナウンサーの「苦手になるか」の問いに必ずしも否定しなかった。正直な勝負師と思った。

双葉山は連勝を止められた安芸ノ海とは、その後八回闘ったが一回も負けなかったが、同一関取に連敗した白鵬との違いは白鵬の若さだろうか。しかし双葉山が六九連勝でストップしたのは、二六歳一一ヵ月だから白鵬とほとんど同年齢だった。昔の方が、全ての領域で人間は早く大成したといわれるが、相撲界でもそうだったのか。ともあれ一四勝一敗の優勝で来場所、朝青龍の七連続優勝に挑戦する権利を得たことは立派だ。

大相撲の黄金時代として栃若、柏鵬時代が話題になるが、二人の強者が競い合っていた。プロ野球でも例えば巨人・阪神などの二チームが競い合えばファンは騒ぐ。スポーツ界では、選手もチームも力士でもライバルがあって、お互いに切磋琢磨しながら実力アップに精を出す。しかし白鵬の場合、ライバルだった朝青龍が去って、現在はライバルなき独走環境だから、「自身を目標に」せざるを得ず、実力アップは難しいはずなのに見事それをやり遂げている。立派だ。

外人一人の横綱に頼る協会役員たちは複雑な心境だろうが、当面彼は連続優勝するだろう。優勝直後、土俵下で、またその夜のTVでの彼は優勝コメントで両親、親方、大鵬先輩そしてファンへの感謝を述べ、そこに横綱としての責任感と新しい決意を盛り込み、二五歳にみえぬ風格が見られた。まだ帰化していないが、すっかり日本人になりきっている感じだった。

二、大関陣に「喝」

大関陣の不甲斐なさにはまたまた失望した。老雄魁皇は精一杯頑張ったし、病み上がりの日馬富士は痛々しかったが、体格・体力に恵まれた把瑠都、琴欧洲の二人はいつ目を覚ますのだろうか。白鵬の独走を止める責任者という自覚がないとしかいえない。厳しくいえば懲罰ものだ。

三、他の力士の諸々の情報

今場所は話題の少ない場所で客の入りもさびしかったが、その中でただ琴奨菊と白鵬に連勝の稀勢の里の頑張りが唯一の救いだった。二人とも新大関への足がかりを掴んだが、日本人新大関の誕生が今後の大相撲盛り上がりの鍵だろう。ただこれまでの実績を振り返ると、彼らは残念ながら好成績が続かない。

大関には連続三場所で三三勝以上という内規がある。私はこの二人については優勝、あるいは準優勝ならいざ知らず、仮に三三勝程度ならもう一場所待ちたい気持ちだ。とにかく来場所、勝ち星一桁なら大関取りは振り出しに戻ることを覚悟して頑張って欲しい。

先場所後に七人の侍と期待した豪栄道、栃煌山、琴奨菊、稀勢の里、豊ノ島、豊真将と鶴竜については、栃煌山以外は勝ち越した。特に豊ノ島は一勝七敗から七連勝で勝ち越したが、その精神力を称えたい。

先場所で引退した土佐の海が解説者になっていたが、往年の突進ぶりを懐かしく思った。栃木県出身の北勝力は十両で全休だから幕下に転落するだろう。怪我といわれるが回復の見通しは？　引退もあるのだろうか心配だ。

老雄若の里と栃乃洋が中盤まで気を吐いたが、終わってみれば八勝七敗でようやく勝ち越し。体力、実力精一杯というところだろう。

黒海と臥牙丸が「場所中、朝まで飲んで口論の一幕」が報じられた。二人は口論を否定し、黒海が友人の死を悲しむ臥牙丸を激励していたというが、飲食店の店長は「座席の間仕切りにひびが入ったし、ガラスも割れた」といっている。いずれにしても、場所中に朝まで飲み明かすという態度はいただけない。部屋の規律はどうなっているのだろう。どちらも外人力士だがイマイチ伸びがなく、今場所は共に大きく負け越したが、こういう生活態度も影響しているのではなかろうか。

黒海は数年前その馬力から有望と期待していたが、最近はその勢いが感じられない。来場所は十両に陥落するだろうが、出直してこいといいたい。

四、日本人頑張れ

現在、幕内力士四二人中一八人が外人力士だが、外人数を階層別に分類すると、前頭は三三人中一三人、役力士は九人中五人、そして大関横綱は、五人中四人は外人というように、上位になるほど外人の比率が高い。「日本人よ、どうした！　頑張れ」と叱りたい。

昨年の学生横綱明月院が力士希望で九重部屋に入門する。四股名も本名の明月院のままという。三月の春場所（平成二三年）に幕下付け出しでスタートする予定らしいが、逸材だから今年中には関取として十両に顔を出すのではなかろうか。相撲協会としても大きな話題として盛り上げたいところだろうが、本人も一発奮起して下位力士関連の話題を創出するよう、大いに期待したい。

どうでもいいことだが、大番狂わせの時に会場の座布団投げが恒例になっている。今回もその光景が映像に映し出された。しかし前回の九州場所で白鵬敗北の時には、座布団投げはなかったらしい。なぜか。座布団投げが困難だったから。ではなぜ困難だったのか。実は福岡では座布団は隣の席と二枚繋がれていたという。自分一人では投げられなかったのだ。軽い座布団を投げるくらいは許していいのではないか。

〔二〇一一年一月二六日〕

大相撲八百長事件に思う（I）

一、はじめに

大相撲の八百長については、ここ数年何度かマスコミを賑わしたが、証拠なしということで裁判での決着を含め全て協会の主張が通ってきた。しかし今回は携帯電話上のメール交信で、金銭を絡める八百長について明確な証拠が出た以上ファンとしては許せない気持ちが強い。春場所の中止は当然だし、その先の場所についてもこの機会に徹底的に過去の膿《うみ》を消す体制確立が本場所再開の条件と思う。

ただ一方で、大相撲の歴史は古く、近代スポーツと異質の文化を継承してきた。いろいろ複雑な考えが浮かぶので諸々の情報を見聞してまとめてみた。

まだ調査が進行中だし協会の結論も出ていない。筆者の意見も今後の情勢で変化するかもしれないが、現時点での迷った感想を述べておく。

二、相撲の因習として八百長はあったと思う

故玉の海は昭和一四年一月の初場所に八百長をした懺悔録を昭和五九（一九八四）年に出版している。例の双葉山の全勝が一月の一四日に途切れて幕尻から二枚目の出羽湊が全勝優勝した場所だった。筆者の生母が、その前日一月一三日に亡くなったので強い印象がある。まさかあの全勝優勝に八百長が絡んでいたとはまったく知るよしもなかった、というよりも子供で八百長という言葉すら知らなかったと思う。

玉の海の八百長は出羽湊からの依頼だったというから出羽湊も共犯だった。彼はその他に五ッ島からの申し出を断わったことや、双葉山が八百長の撲滅に熱を燃やしていたことが忘れられないので告白したといっている。当時の相撲界で玉の海ただ一人だけが八百長力士だったとは思えない。なお、出版当時の相撲協会は彼の発言を黙殺したという。

相撲界には昔から八百長相撲に関する隠語が存在した。八百長なしの相撲をガチンコ相撲と特別扱いすること自体、考えればおかしな話だ。放駒理事長（元大関魁傑）はガチンコ相撲の雄だったといわれるし、武州山もその一人と評判が立つということは、ガチンコでない力士がいるという裏返しではなかろうか。

また現在、関連する仲間では八百長を「注射」と称しているようだし、八百長の仲介役を「中盆」と称するなど、八百長の存在をＴＶ会見で覆面で口にする力士がいる。

おそらく八百長を経験したが、黙ったまま相撲界を離れた何人かの力士がいたのではなか

ろうか。放駒理事長が事件発生直後の会見の冒頭で、「これまではまったく八百長はなかった」と言い切ったが少し無理があるように思う。

三、八百長と人情相撲

本場所で七勝七敗の力士の千秋楽の勝率の高さについては毎回おかしいと思っていたが、両親が見学にきた日の幕下以下の力士の勝率も異常に高いと、ある記事にあった。一般的な確率論から考えれば不思議で、多くのファンも疑問に感じる現象と思う。

しかし本人たちの間で取り引きがあったかどうかは知らないが、昔から八百長とは違う人情相撲があり歌舞伎や落語などの題材になっていたし、力士間にも、ファンにも阿吽《あうん》の呼吸で容認されていた文化があったように思う。ファンはなんとなく灰色の感じを拭いきれないまま、証拠を厳しく追及せずに総合的に大相撲を楽しんできたということではなかろうか。

相撲社会の部屋制度は、家族的な互助会的な雰囲気があるように思う。その環境で「俺は勝ち越している。苦労している彼を何とか勝ち越させてやりたい」と考えてしまうと、なんとなく戦意に差が出て七勝七敗力士が勝つという現象になることはありえよう。そこまで同情しなくても、勝ち越してしまえば後は怪我をしないように場所を終わろうとして、崖っぷちにある七勝七敗力士の戦意に敗けることもあるだろう。

それはある種の無気力相撲になり、本来あってはならないことかもしれないが、個々の力士の気持ちの働きまでは制御できないと思う。一発勝負でなく、年六場所あり、場所ごとに一五回の勝負で評価が決まるのだから、例えば一つの勝ち星で大関とか、逆に陥落という取組でなければ、「ここで仮に負けてもその次の場所があるワイ」という気持ちになることもあるのではなかろうか。

七勝七敗力士の勝率の高さには、人情相撲といえるかどうかはともかく、八百長と異質の要因もあると思う。

四、社会悪の評価の時代的変遷

視点を少し変えてみる。以前は多くの産業界で談合が行なわれ、企業の互助会的な機能を持っていた。株主総会についても、総会屋が仕切って簡単に済ませるのが珍しくなかった時代があった。法的に今ほど厳しい規制がなく、世間でもあまり糾弾されなかった。しかし社会環境・時代の変遷で、これらは現在は犯罪として厳しく罰せられる。公害問題なども同様な見方ができる。産業界はすでにこの種の社会的な犯罪防止を厳しく管理している。国や社会の近代化の進展で諸々の判断基準が徐々に変化するのだ。筆者は大相撲の八百長についても類似の事情を感じる。故玉の海時代を含め、往時は今ほど厳しい糾弾はされなかったといえる。

しかし時代は変わっている。ここ数年の間に数回八百長相撲がマスコミを賑わし、ファンからも問題視されるし裁判沙汰になったこともある。当然協会として「八百長が悪」という社会判断について力士たちに適切な指導教育がなされてきたものと信じていた。

ところが、今回の事件はそれが徹底していなかったことを明るみにした。八百長に絡むとして一四名の灰色リストが公表されているが、実に関取の二〇パーセントという高い比率だ。

二〇パーセントの力士が守らないということは、指導がなってなかった証拠で管理上は落第を意味する。さらに親方自身、一人は黒、一人が灰色。話にならない。親方とか相撲部屋の在り方に根の深い問題があろう。

五、相撲部屋と親方の責任

力士の夢は関取になって数億円を蓄財し年寄株を取得して親方になり、老後の安定を図るということらしい。しかし親方になれば何人かの弟子を抱え、生活をともにして若い力士の技術的な指導ばかりでなく社会人としての指導もする立場にある。ところが、現役時代にあまり目立たない関取でも、何人かは親方になって部屋を持っているが、一般論として月給だけからどうして数億円の蓄財ができたかは分からないし、それよりも個人によっては技術的な面でも精神的な面でも真に若い力士を育て上げる資質・能力に欠ける親方もいるのではなかろうか。

今回の竹縄（春日錦）親方の場合、育てた叔母さんは「文句なく良い青年だった」と残念がるが、結果として人間的に親方になる資質がなかったといえる。要するに、蓄財さえできてチャンスがあれば年寄株を取得できるという社会に疑問を感じるのだ。相撲界を担うに相応《ふさわ》しい人物かどうかは、誰がどう審査しているのだろうか。厳しい人選システムが必要ではなかろうか。

八百長の原因に関取と幕下以下の待遇の異常な格差があげられる。確かに今回の八百長は十両力士に多い。十両は年収一二〇〇万円だが、幕下に陥落すると数十万の手当に激減するのだから十両の地位を死守したい気持ちはよく分かる。一回に二〇～五〇万払っても地位を守るやりとりが生々しく報じられていた。この待遇の格差がある環境で切磋琢磨することこそが相撲文化の象徴かもしれないが、こうなった以上は対策に一つとして下級力士の待遇アップも必要ではなかろうか。

六、まとめ

リストアップされた一四人の力士のうち、何人かは提出を要求された携帯電話について破損とか、紛失といって提出を拒んでいるという。一方、全関取の聞き取り調査の方は携帯電話の提出は順調らしい。あるグループの携帯電話のトラブルが異常に高いということは、そのグループになんらかの疑念があると推定せざるをえない。徹底的に調べて欲しいものだ。

理事長は「膿を出して切って再出発」と宣言している。理事長の決意を素直に実行すると、大相撲では人情相撲的な相撲をも無気力相撲に位置づけて八百長同様に否定し、格闘技的な文化に流れが変わるしかないのではないかと感じている。

八百長、まして金銭が絡む八百長はファンへの裏切りでありとんでもない不祥事だ。八百長を絶対に容認はできない。しかし筆者は、人情相撲に代表される伝統的な相撲文化を一〇〇パーセント否定して、大相撲を近代スポーツのクールな格闘技に位置づけることにはなんとなく抵抗感がある。少数派かもしれないが……。

〔二〇一一年二月一一日〕

大相撲八百長事件に思う（II）

大相撲の八百長の特別調査委員会が最終的に二五人の力士が関与したと判断し処分を決定した。初期から八百長を認め調査に協力した三名は二年間の出場禁止になったものの角界に残れたが、最後まで否定した二二名については引退勧告がなされた。何か矛盾を感じる。二二名の中には携帯電話の異常な故障とか提供拒否など疑わしい態度があった人も居たというが、三人を除いて一九名の力士たちは、「（自分はシロだが）これ以上協会とか親方に迷惑をかけられない」という理由を述べて勧告を受け入れた。それで数百万円の退職金が支払われるという。

言い換えるとクロを認めたといわれても仕方がない。自分がシロならば最後まで拒否し続けて角界に怒りをぶつけて潔《いさぎよ》く去るのが一人の男子だと思うが、彼ら下位力士のホンネは今後の生活を考えて退職金を手にする苦渋の決断だったのではなかろうか。なんとなく寂しい判断に思う。

一方、元海鵬の谷川親方は一貫してシロを主張し、「自分は全面的に調査に協力したのになぜか」と不満一杯で引退勧告を拒否したし、最後にクロと追加された二名の若い力士も勧告を拒否した。調査のやり方について会見で述べていたが、あまり答弁の機会が与えられなかったというし、「認めれば退職金を払う」など勧告受け入れの勧誘のような話もあったという。

彼らは「親方との関係はない。自分自身の問題として自分が決める」といってキッパリ拒否した。谷川親方の場合はおそらく資力もあるし生活の心配はないだろうが、最後の二人の力士にはその力は未だないと思うのに主張を曲げなかった態度、筆者には男子として立派だったと思う。もちろんメディアの情報だけで筆者としてシロクロの判断できないが、三人とも今後法廷で争うということになろう。調査委員会の雰囲気が三人のいっているような雰囲気なら協会は負けるのではなかろうか。

弟子たちが八百長に関与したという理由で、北の湖、九重両親方が理事を辞任した。状況から仕方がない。九重親方は将来の角界を担う有力候補だったのに残念だった。数年後に再挑戦の機会が与えられないのだろうか。

協会はこれでケリをつけて早く本場所開催の筋道をつけたいようだが、三人の裁判が待ち受けるし、調査そのものも終わったという気はしない。しかしこの八百長問題は、前報（I）に書いたように日本の相撲社会の陰に住み着いてきた文化だから、一〇〇パーセントスッキリさせるには今後長い期間がかかるだろう。

今後どうすればよいか。筆者は、この程度にして「仮免許」を与えて早く平常の活動に戻し、協会・力士一同厳しく反省して真剣な勝負を見せることで「本免許」に挑戦させる時機がきたと思っている。ファンもこれまでのようなある種の人情相撲を含めて大相撲全体像を楽しむというのとは、少し違った感覚で相撲を楽しむことになるだろう。それで新しい大相撲文化が構築されればいいではないか。

五月場所は技量評価場所として無料開放と決まったが、この大震災に対し大人一〇〇〇円、子供は無料とし入場料を全額義援金にした方がよかったと思うのだが。

〔二〇一一年四月一六日〕

大相撲五月技量審査場所短評

大相撲五月場所は技量審査場所として開催され白鵬が予想通り優勝し、朝青龍の七連覇に肩を並べた。無料のためもあってか空席も目立たずに一応協会としてはほっとしているだろう。しかし常連客の離れは顕著だったらしく、まだファンの回帰は不透明といえる。

放映がなかったので見ることはできなかったが、確かに土俵上では気力の漲った勝負が多かったという話だ。その証拠に土俵際の逆転技や土俵下の検査役の上への転落の頻度が多く、検査役には脚を痛めた人がいるというし、七勝七敗の力士の千秋楽の勝敗は七対七だったということは人情相撲も姿を消したということかもしれない。

その中で一人横綱白鵬の七連覇にまず天晴れをやりたい。いつも責任感旺盛に相撲道に励んでいる様子がメディアに流れるが二六歳の青年として立派だと思う。逆にいえば依然として彼を追うライバルがいないということだが。

ただ欲をいえば今回は七場所ぶりに二敗し、彼の力から考えれば悔いの残る場所だっただろう。毎日NHKTVで白鵬の相撲だけは流したが、六日目の安美錦との相撲で膝を痛めた後は、慎重な相撲が多かったように思う。千秋楽に魁皇に敗れたが、栃ノ心が負けて優勝が決定し、すでに一敗で全勝はないこともあり緊張に乱れがあったのかもしれない。彼も人間だ。

それにしても魁皇の頑張りには舌を巻いた。まだこの強さや体の柔らかさがあるのかと驚きだった。敗ける時のあっけなさとまさに別人だった。このように日による強弱の格差が激しいのが彼の欠点だが、いまさらいっても矯正できないだろう。ここまで頑張ったのだからクンロク（九勝六敗）大関でもよし、老雄大関としてとにかくファンを楽しませて欲しいという気持ちだ。

今場所は、琴欧洲は怪我で休場し把瑠都、日馬富士の若手大関も進歩がなく老雄魁皇は前述のように頑張ったが限界。平成二三年初場所について述べた七人の侍たちの中で、鶴竜と豪栄道は好成績を残したが、他の五人についていえば琴奨菊はまず合格点、稀勢の里は進歩なし、豊ノ島、豊真将、栃煌山は大きく負け越し。場所を通して「白鵬優勝危うし」という雰囲気にはまったくならなかった。当分、白鵬の優勝は続くのではなかろうか。現状では一〇連覇は硬いと思う。

このほか何人かの話題になる力士について述べる。

幕尻魁聖の活躍は場所を盛り上げたが、後半上位との相撲で星を落とし新入幕力士の連勝記録を更新できなかった。まだまだ技術が未熟。あの体格と体の柔らかさで稽古を積めば、近い将来に上位を脅かす存在になるだろう。

今場所は栃ノ心の強さが目立ったが、番付からいって上位との対戦が少ないのでまだ実力は分からない。もともと怪力の持ち主だから来場所が楽しみだ。

郷土出身の北勝力（最高位関脇）が幕下まで転落していたが引退した。栃木県民としては残念だった。怪我だから仕方がない。

平成二二年福岡場所の記事で紹介した北勝国が三段目で全勝優勝した。彼は平成一三年春場所初土俵、二〇年春場所に十両になったが怪我で休み転落を重ねて番付から外された。二二年福岡場所に復活し序の口優勝、二三年一月場所序二段そして今場所も三段目で優勝。全て全勝だから立派だ。十両経験者として実力を発揮するのは当然という意見もあるが、長い間のブランクを経ての復活は強靭な精神力がなければありえない。まだ二五歳。年六場所あるのだからこれからの躍進が楽しみだ。

学生横綱明月院は幕下付け出しでスタートしたが怪我で途中休場した。来場所に間に合うのかどうか心配だ。

八百長問題はまだ解決の途上だし、問題力士たちの裁判もある。今場所は一応無事終了といえるが、今後協会から各力士まで一層の意識改革が大相撲復活の鍵になるだろう。七月場所が今後の成否を左右すると思う。

〔二〇一一年五月二三日〕

スポーツを楽しむ〔二一プロ野球ファンとして〕

二〇〇九年・巨人軍の優勝は文句なし

二〇〇九年、巨人軍は三三度目のリーグ優勝を遂げた。三連覇はセリーグでは三六年ぶりだ。今年はスタート時から下馬評は高かったし、勝つべくして勝った感が強い。数字の上で打率、防御率もトップということは優勝して当然の実力を物語っている。

今年の巨人軍には従来にない姿があった。かつて拙著の中で「球界の格差社会」というタイトルで巨人軍を皮肉ったことがあるが（Sくんのコラム漫遊③・下野新聞社）、数年前の巨人軍は絶大な資金力を武器に、国内外から優秀選手を引き抜いて戦力アップを図っていた。

余談になるが、ヤクルトファンとして一昨年（二〇〇七年）、ラミレスとグライシンガーという投打の要を抜かれた恨みは忘れない。今年はこれに加えてヤクルトから移籍したゴンザレスが大活躍。これら移籍の原因が待遇か、一時の不調への評価に対する不満か知らないが、ヤクルトファンにとっては複雑な気持ちだ。

話を巨人軍に戻そう。今年は移籍組で主力となったラミレスと小笠原に、生え抜きの阿部がスランプなく活躍したが、これまでとの大きな違いは若手の活躍が目立ったということだ。この兆しは昨年にも見られたが、今年になって完結したともいえる。

その中で二、三、五年組の松本、坂本、亀井の三人は若手三羽カラスだった。原監督の新人育成の戦術が実ったといえる。監督は二軍から送られた若武者を、多くの場合ベンチを暖めさせずに即刻スタメンに入れて活躍させたのだった。当然、緊張でピリピリして結果が出せない場合も監督はじっに辛抱して使い続けたという。

冒険だったがそれは監督の哲学だったと思う。それが若武者にやる気を起こさせて結果につながり、上下の信頼関係に発展したのではなかろうか。そして、これら若手の発奮に刺激された先述の一流選手や谷、木村など移籍組を含めた中堅クラスの活躍が、スパイラル式に加算されて理想的な強力集団となったと思う。

さらに監督は次の時代を描いて田中、中井というフレッシュ組を適宜一軍に呼んでプレーさせているし、新人太田にまで一軍を経験させている。戦力の継続性を意識した戦略的な選手起用で、この状態が続くと他球団との戦力格差はさらに拡大するのではなかろうか。

事実、一昨年の貯金は一七、昨年は二七、そして今年は二試合を残してすでに四五。今年のこの快挙は、冒頭に記した金力を振りまいた暴挙によるものでなく地道な球団の経営によるもので、誰からも非難はされないだろう。

ただ、これらのリスクにかける戦略が採れるのは、勝ち進んで余裕ができたからという見方もある。特にスタート段階で成功したことが今年の大躍進につながったといえる。これは産業界の構図に似ている。

企業が大型・革新的な投資をして成功すれば、その果実で投資を続けスパイラル的に躍進するが、最初に躓《つまず》けば次の矢を放ちにくい。また業績不振の企業は、その日暮らしに明け暮れるので冒険はできず業績は低迷する。球団経営も事業経営の一つだからまったく同様な状況を呈するのだ。

ともあれ巨人軍おめでとう。今年はぜひ日本一の栄冠を獲得して欲しい。

〔二〇〇九年一〇月六日〕

プロ野球CS（クライマックスシリーズ）制度の疑問

二〇〇九年、プロ野球セリーグ終盤でヤクルトが阪神と際どくCS出場を争ってきたが、一〇月八日と九日、天王山の二連戦に連勝して三位が確定しCS出場権を得た。ヤクルトファンとしては大変な喜びで、今期中日に分のいい一六勝の館山と、一三勝の石川を盛り立てて、ぜひ快勝して首位巨人軍に歯向かって欲しいと思っている。

CS制度のない時代はペナントレースのチャンピオンが決定した後の試合は、いくつかの個人記録への挑戦や、球団としてAクラスになるかどうかなどの目標があっても、総体的にファンの熱も冷めた消化試合の様相を呈していた。今年のように両リーグとも終盤まで三位が決まらず、CS絡みでファンを沸かせたことは、球団そして球界の営業上は大きなプラスだったし、ファンも野球を楽しんだことは確かだが、CSの在り方については微妙な問題もあるので冷静に考えてみる必要も感じた。

まず、一二球団の半数がCSに出場するのは多すぎないかということだ。各リーグ上位二チームの決戦でいいのではなかろうか。三位となるとペナントレースの実績上、首を傾げる場合が出る。

ヤクルトファンとしては複雑な心境だが、今年のヤクルトについていえば、シーズン前半は投打がかみ合って確か一三か一四の貯金があった。その後、怪我人の続出や投手の疲労から調子が急落し大きな借金生活となり、なんとか挽回してきたが、CS出場権を得た日(残り試合数は二)は借金三の状態だった。

仮に短期決戦であるCSを制することがあれば、ペナントレースで勝率五割にも満たないチームがリーグ代表となるし、さらに日本シリーズで勝利すれば珍記録で、「CSを経た日本シリーズとは何ぞや」、「ペナントレースとは何ぞや」いうことになる。しかし短期決戦だからこれもありうるのだ。何か割り切れなさを感じる。

少なくとも勝率五割に満たないチームには、CS出場権利を認めないという条件は必要ではなかろうか。現行制度は、長期のペナントレースでの努力と栄冠の価値をあまりにも軽く見すぎていると思う。

よく日本シリーズ勝者に日本チャンピオンという称号を与えるが、私はそれをやめて日本シリーズ覇者で留めることを提案したい。スポーツ界にはオリンピックもあればワールドカップもあるが、どちらも世界のチャンピオンだ。サッカーでもＪリーグのペナントレースもあれば天皇杯もある。野球の日本シリーズも、ある約束のもとで挙行される一つのチャンピオン争いと位置づければよいのではなかろうか。日本シリーズを一種の「お祭り」と位置づけてよいという考えである。

〔二〇〇九年一〇月一〇日〕

球界に見た人の温かさ

プロ野球ＣＳで巨人と日ハムが、たまたま同日に順当に日本シリーズに勝ち進んだ。パリーグでは敗れた楽天の野村監督が、かつての教え子の日ハム稲葉選手たちの呼びかけもあって、楽天と日ハム両選手による派手な胴上げで宙に舞い珍しく涙ぐむほど感激に浸った。セリーグでは、今期限りで引退する中日の立浪が敗色濃い終盤でＰＨに出たが、凡打でダグアウトに帰る時に、巨人側スタンドからも盛大な拍手が沸き起こった。

選手やファンが長年球界に尽くした名選手・監督に対し、勝敗を離れて暖かい労《ねぎら》いの態度を示した光景に感動した。強いていえば、勝敗は見えていた試合だったから巨人のクルーンがそれとなく立浪に棒球を投げホームランを献上してもよいくらいの気持ちがしたが、勝負の世界では無理な話だろうか。

〔二〇〇九年一〇月二六日〕

二〇〇九年のドラマチック日本シリーズ

日本シリーズで原巨人が日本一の栄冠を獲得した。今年の日本シリーズはセパ両リーグの首位同士の決戦となり、文字通り日本一を競ったわけでスッキリした。大方は巨人が四勝二敗で勝つという予想だったがその通りになった。しかし、実際の勝敗は紙一重の差で、勝利の女神がどちらかに微笑むか分からないような際どい決戦だった。それだけにプロ野球ファンは大いに楽しんだ。

特に第五戦。日ハムの藤井投手の力投で七回まで巨人は一対〇で負けていたが、八回の裏に代打大道が何度もファールで執念を示した後、同点とした時は巨人ファンでない筆者も興奮した。これで戦力の層の厚い巨人に傾いたかなと思った直後に、守護神山口がなんと勝ち越しホーマーを見舞われた。「何やってんだ」、巨人ファンの怒りと落胆はよく分かる。巨人ナインやベンチも、「山口！　せっかくだったのに――」と落胆だったろう。

一方、日ハムとしては同点にされた時には、敗けたくらいに落ち込んだはずだが、「今度こそは、もらった」と喚起しただろう。

ところが次の場面で、日ハムの守護神武田が若武者亀井に第一球を同点ホーマーされた。まさにドラマ。おそらくここで武田は責任を感じやや落ち込んだのではなかろうか。ほどなく阿部にさよなら逆転決勝アーチをかまされた。

じつは初回の日ハムの一点は、巨人の二人の内野手のエラーが絡んだものだったし、八回の巨人の一点も日ハムの内野手のエラー絡みだった。エラーの絡み方まで互角だったのだ。仰木監督は敗戦後、「勝負の怖さを感じた」と呟いたが、その気持ちは十二分に分かる。今や王手をかける場面が逆に王手をかけられたのだからだ。一度でなく二度奈落に落ちかけたのに、よくぞ食いしばって逆転した巨人の底力に感動した。

一日空けて第六戦。一回に巨人東野が打球を受けて退場。急遽、内海が登板した。おそらく五、六回には登板を意識していただろうが、まさか一回からとは。おそらく緊張だったろう。準備も不充分で不安だったろう。しかし、塁上に走者を背負っていたが、セギーノルを凡退させて巨人への流れとなったと思う。事実その後、日ハムはほとんど毎回出塁しノーアウトでの出塁もあったが、ただの一本の適時打が出なかった。

逆に巨人は五戦で同点ホーマーを打った亀井が先取点を打ち、続いて前日決勝ホーマーの阿部が二点目をたたき出した。日ハムの稲葉が球をジャッグルした間に一塁からホームに駆け抜けた得点だった。この決戦で一対〇はまずイーブンだが二点差の重さは大だ。日ハムの適時打なしは、この二差の重圧のためだろう。

最後は八回裏にピンチを迎えてクルーンが二アウトから登板した。クルーンという投手は最初の打者に打たれたり、四球を与えた場合には乱れる場合が多い。そのクルーンが九回ノーアウトで二塁打を打たれた。これはまた何かドラマかと予感したが、最後は二アウト二、三塁、一打同点の際どさだったが微妙な三振でジエンド。

巨人はシーズン初期から圧倒的な投打の戦力を抱え下馬評でも抜群だったが、リーグ覇権から日本一と予想通りに順当に進んだということは、時として落とし穴のある勝負の世界で立派といえる。

その根底には、ここ数年監督として資質をアップしてきた原監督の采配があったと思う。あれだけの戦力があればというクールな評価もあるが、今年は亀井、坂本、松本、脇谷など自ら育てた若手が第一線に入ったし、彼らを小笠原、ラミレス、阿部など超ベテランと競わせてスターに育て上げた。それに谷ら中ベテランをうまくバランスをとりながら闘った。

投手では、先発要員の内海と高橋は本人たちも反省しているだろうが、今年は不満があるものの越智、山口の中継ぎやクローザーを育て、他球団で評価されなかったゴンザレスなどをやる気にさせて実績を積ませた。神経質なクルーンに対しては、危ないと思ったら、本人のプライドを傷つきさせかねない決断をして交代させた厳しさもあった。普通はなかなかできない。

星野のような闘魂は感じず紳士的な風貌と言動の中に、いわば外柔内剛の闘志を秘めたサムライということだろうか。

今年の状況が続くなら、数年連覇もありうるのではなかろうか。ただ基本的に巨人軍があまり突出した実力を持ち続けることは、球界トータルの人気にマイナスに作用するだろう。

〔二〇〇九年一一月一五日〕

二〇一〇年の下克上日本シリーズ

二〇一〇年、日本シリーズはロッテが制覇した。メディアはスポーツでは史上初めての下克上、レギュラーシーズンで三位のチームが「日本一」になったと囃《はや》し立てた。

監督の西村徳文は、選手、コーチそして監督とロッテ一筋に二九年間生きた男。実直で地味。天才の印象はなく努力家。入団当初は、「なんでこんな打てないやつを取ったんだ」とけなされ、「スカウトに申し訳ない」の気持ちから発奮し左打ちを習得して首位打者にもなったことがある。また福岡遠征時には、故スカウトの墓前に酒を供え、未亡人を福岡球場に招待する義理堅さがある。とにかく硬く地味な人物のようだ。

監督は地味、スター選手の少ないロッテがなぜ勝利したのだろう。月並みな言葉だがチーム力というか、バランスをとった総合力と監督の采配ということだろうか。

もっとも短期決戦だからチームの勢いというか、バイオリズムが好条件にあったということもいえるだろう。レギュラーシーズンの終盤に日本ハムと三位を熾烈に争って、なんとかCSに名乗りを上げ、CSではその勢いのまま、西武にあと一つまで追い詰められながら踏ん張って切り抜けて日本シリーズの舞台に躍り出た。勢いというか、流れを感じさせる奮闘だった。

チーム力に視点を向けると、大きな勝因として、体調を含め調子を崩していた何人かの主力選手がレギュラーシーズン終盤以降、タイムリーに第一線に復帰したことが挙げられる。

渡辺俊投手は九月に二軍に落ちていたが、ようやくシリーズで復活し第三戦で完投勝利した。ロッテファンはその渡辺に第七戦で夢をもう一度と期待したがそれはなかった。その理由は一流のプロでは言い訳にはできないかもしれないが、名古屋ドームのマウンドが高いことだったという。彼のようなサブマリン投手には高いマウンドは球のコントロールが難しいらしいが、いわれてみれば分かる。二回四失点で降板した。早めに降ろした西村監督の采配も結果として適切だったといえる。

里崎捕手も背中を痛めてシーズン中に長期離脱したが、日本シリーズではほぼ完調。第七戦では四点差を追いつく同点打を放った。

中継ぎで貴重な活躍をして陰のMVPと評価された内竜也投手も、シーズンの大半を二軍で調整中だったが、九月半ばにようやく復帰してシーズン最後の三連戦で二勝した。CSでも西武との第一戦では三失点したが、翌日には延長一〇回の一死一、二塁のピンチに出て見事併殺に切り抜けて雪辱を果たし、その後は計八試合、このシリーズでは第一、四、六、七の四試合に出て失点はゼロだった。優秀選手賞に輝いたが、チームでは来期は米国メジャーを狙う小林に代わって守護神候補になるだろう。二〇〇三年のドラフト一位がやっと力を見せ付けたのだ。選手の実力の出し方の微妙というか難しさを感じる。

ドラフト四番手の新人清田と育成選手から這い上がった岡田、この二人の打者の活躍も目立った。苦労人金森コーチの彼らへの熱のこもった指導が実ったという。

金森は投手としてデビューし、死球王という汚名をもらい打者に転向したものの一流選手にはなれなかった。しかし指導者として独特の考えで若手を育て見事成果を実らせた。

「ふすま理論」といわれる考えがある。「重い襖を開ける時に手だけでなく体を使うと楽になる。打撃もそうだ」というのが基本らしい。分かりやすい。ゴルフを楽しむ筆者だが、手打ちでなく腰を回せとはよくいわれるが、スポーツの共通の基本なのだろう。

岡田は最終戦の延長一二回、短く持ったバットを振り抜いた打球が右中間を抜けて勝利を齎《もたら》した。彼は左翼手大松の怪我があったのでシリーズ二戦目からスタメンに抜擢された。人の運とはこういうものかと思う。

敗れた中日もその健闘を称えたい。優秀な投手陣が不利な戦況にもめげずに崩れなく、なんとか勝機を探ったチーム努力は立派だった。特に第七戦九回の裏に同点に持ち込む粘りは、まさに中日、落合流で見ごたえがあった。

中日サイドにもドラマがある。第七戦六対三、中日リードで河原が登板した。彼はレギュラーシーズンではわずか四試合の登板だったが、落合監督は調子を評価して登板させた。彼は、その恩義に感じてマウンドに向かっただろう。しかし二死一塁から、死球を挟んで三安打で同点にされた。第七戦の敗戦投手は、九回に出て同点にしてもらい延長で頑張ったものの力尽きた浅尾だったが、厳しくいえば、実質的な「戦犯」は河原だったと思う。勝利の女神は気まぐれで、仮に河原が上手く継いで最後に岩瀬が締めていれば、河原も監督の恩義に感じる貢献者として話題になっただろう。勝負の世界は厳しい。

中日最後のピンチヒッター藤井がショートゴロで倒れると、ベンチ奥にいた落合監督はサッと席を立って姿を消した。ごく短い時間だったが、監督の背中に敗者の悔しさを感じた。また西村監督の胴上げを中日ベンチの奥に座った敗戦投手、浅尾の空ろな目を気の毒に思ったが、一方で彼に「お前はまだ若い。この屈辱を来年晴らして欲しい」とエールを送った。
最後に筆者は半年のレギュラーシーズンの価値を重視したいので、今年のようにCSで、三位から立ち上がった日本シリーズの覇者を日本一と称えるのにはどうしても抵抗がある。今のシステムなら、両リーグから各一チームを選抜して闘う球界の一つのお祭りと考えている。

野球は米国が発祥地で以前は日米の力の差は歴然だったが、現在は日本のほどほどの選手でも米国で通用することになり、逆に米国大リーグ選手も、日本でそれほど活躍しない例も出ているように格差は縮まっている。確かにパワーには差があっても、技では決して劣らない。

私が不満に思うことは、なぜ米国の「ワールドシリーズ」の勝者を世界チャンピオンというのか。「アメリカンシリーズ」の勝者米国チャンピオンと呼称すべきではなかろうか。米国ではワールドといっても、日本ではアメリカンといってはいけないのだろうか。マスコミにも再考してもらいたいものだ。

もう一つ残念なことは、もっと日本で頑張って欲しいと思う選手たちも、あるレベルになると米国メジャー詣でに現《うつつ》を抜かす。ブランド指向かあるいは破格の年俸への魅力か。球界としても考えるべき課題ではなかろうか。

〔二〇一〇年一一月一一日〕

東日本大震災を受けてセ球団幹部に「喝」

プロ野球界は開催日決定で迷っている。セリーグは当初予定通り三月二五日とし三試合のうち二試合をナイターでと公表したが、世論の反発と経産省・文科省からの要請で開催を四日延期したものの四月五日からはナイターの案だった。球団側はこれ以上延ばしたら所定の一四〇試合がこなせないという。が、緊急事態だ。試合数減少もあるだろうし試合数に拘るならダブルヘッダー増加もありえよう。

多くの地域が壊滅し、二万人以上の犠牲者を出し、数十万の避難者が今も飢えと寒さに耐えており、そのほか関東地域では停電で産業界も家庭も苦しんでいる異常事態なのだ。政府からの指導にあった後の開催日変更もお茶を濁したレベルだけだったし、省エネナイターにするというがナイターに拘った。セリーグの象徴、東京ドームの使用に拘ったのだろうが、あまりにも社会の苦しみを考えない常識に反する対応だった。

「野球で被災者を元気づける」という弁解だが、それは市民の生活環境がある程度整ってからの話で、セリーグ球団幹部の商売優先の感覚はまったく理解できないし、巨人軍の幹部は「日程は俺たちが決めることだ」と周辺を見下げた発言をしていたのには怒りを覚えた。

セリーグ選手会が球団の意向に反対するのは当然でそれが市民の常識と思う。よく頑張ったのは天晴れだった。少なくとも「パリーグと同時開催、計画停電中はナイターなし」という条件なら市民に理解されようし、さらにいえばセパ両リーグ共に開催日を四月下旬に延ばすくらいの決心があってもよいと思っていた。

結局、セリーグもパリーグの予定に合わせ四月一二日開始で四月中はナイターなしとした。なぜこの簡単な常識的結論になるのに時間がかかったのだろう。

〔二〇一一年三月三〇日〕

〔追記〕

四月一二日からプロ野球が開催する。今年は特に素質のある投手が球界に入った。日本ハムの斉藤、巨人の澤村、西武の大石、広島の福井、阪神の榎田など多士済々だ。彼らに刺激されて他の投手、特に若手は発奮するだろう。ヤクルトファンの筆者は特に同球団の由規もその一人として急成長を期待している。

今年から飛ばないボールに変わる。ホームランが出にくくなるだろうから好投手の投げ合う緊張した好試合が増えるのではなかろうか。楽しみだ。

〔二〇一一年四月一一日〕

スポーツを楽しむ〔三―サッカーのスリル〕

二〇一〇年W杯（I）・勝てば官軍

今回のサッカーのワールドカップはファンを楽しませてくれた。四年前に比べて高まったサッカー熱が私にも影響したのかもしれない。それにしてもファンというか、スポーツ評論家の批評は典型的な「勝てば官軍」式にみえる。

本戦を控えて四連敗した時は、「岡田監督の解任論」がメディアに流れたし、各選手への個人批判も相当なものだった。監督自身も協会に進退伺いを出している。しかしいろいろ専門的な講釈混じりで、いかに監督や各選手に欠陥があるかという論調に徹した同じメディアが、チームがめでたくベスト一六に進出が決まると、掌をかえしたように監督や選手を誉めはやす。人の気持ちとはこういうものかなと、やや複雑な気持ちになる。

さて本論に戻ろう。試合をＴＶで生放送を見た感じはサッカーとは岡田監督がいうようにチームプレイが重要ということだった。もちろん小野剛協会技術委員長がいうように「シュートの正確さと、一対一の強さは必ず満たさなければならない世界基準」という基本思想はその通りだが、個々のチームそれぞれに適したシステム構築があってしかるべきで、今回の予選三試合を見た限りでは、日本チームは守備優先にして少ない機会を捉えた逆襲でゴールを狙う戦法に徹したようにみえたが、それが功を奏したと思う。

ある解説は、それは一ヵ月前までの岡田流とは逆の戦い方だし、オシム元監督が指導していた方式とも、二〇〇二年W杯日韓大会時代の日本チームの戦法とも違ったという。大会直前に四連敗した岡田監督が一大決心で転換したということだろうか。そして監督は同時にブランド的な中村俊輔の代わりに新鋭本田圭佑を登用した。監督自身が述懐している。「W杯前の低迷中は中心選手の不調が続き、何か起用法とかシステムの変革に踏ん切りをつけないといけないと考えて変えた」と。

予選直前にはこの監督の変革は「迷走か」とまで疑問視されたが、結果的にはその決断が選手への刺激にもなり、輝かしい成果に繋がったように思えてならない。選手たちも唐突に示された戦術に戸惑いながらも、それをよく理解して実戦で体現したものと思う。まさに驚異的な消化力だった。前回優勝したフランスチームで起用法をめぐってドメネク監督に暴言を吐いた主力FWアネルカが追放され、その影響かチームが崩壊したのとは対照的だった。そこには監督と選手たちの間の信頼関係の格差があったとしか考えられない。ここで岡田監督の言葉を紹介しておこう。

「一人一人の力は小さくても一＋一を三にする。その中にリーダーの私も入ってチームをつくる」

考えれば野球の場合にも、一点を争う試合では守りの要の投手がポイントとなるが、サッカーも一点を争うスポーツとすれば、守備優先の方針もうなずけるのだ。名前は忘れたが、ブラジルやドイツなどいくつかの国に特に優れた選手がいて、絶妙なドリブルでボールをキープしてゴールに繋げるシーンはあったが、複数のディフェンスで防げる場面が多々あった。

サッカーではどうしてもゴールのシーンが印象に残るが、それは野球の得点シーンと同様で点を競う競技だから当然だが、実際には、ゴールまでにもってくるお膳立てに選手たちの個人として、あるいはチームとしての駆け引きがあり、その過程がファンを楽しませる。絶妙なパスワーク、ボールの保持にためのドリブル、ボール奪取のための爆走など。ある程度無理とは思っても、遮二無二追っかけて相手の疲労を誘うのも一戦術というが、その場合はお互いさまなので体力勝負の要因もある。

適切な場面での選手交代、攻撃と防御のバランスの采配、これは監督の力量だろう。これらを二回の四五分間、緊張の中で織り交ぜながらやり遂げるには、お互いの研ぎ澄まされたチームワークがものをいうわけで、監督のチームプレイという言葉の重さを感じるのだ。

「予選突破の功労者は誰か」という設問には、多くのファンや解説者は文句なく本田を第一に挙げる。確かに三試合での四ゴールのすべてに関わった事実を認めて誉めたい。ただ他の選手の絶妙のアシストがあって、彼のゴールに繋がった場合は何人かの共同作業が有効に働いたということを忘れてはなるまい。

話は変わるが企業の新製品開発のケースを考えてみよう。最近のシステム商品は一〇年単位の長期研究を必要とするのが常識だ。そしてその過程には種をまいた人、育てた人、そして最後に果実を刈り取る人がいる。先が見えない時代に厳しい批判を浴びながら執念を持って研究し始め、諸々のトラブルを克服しながら完成を夢見る人の苦労は多い。しかし多くの場合、素人というか部外者、社内でいえば研究関係以外の人は刈り取る人を高く評価する傾向がある。サッカーはワンゴール秒単位の超短期の勝負だから研究開発と違った世界の話になるが、それでもゴールの直前に適切なパスを与えるアシストの価値を感じる場合が多々ある。カメルーン戦の本田のゴールの場合の松井、オランダ戦の三点目の岡崎のゴールの本田の場合がそれに当たる。私はこの場合のゴールに対する二人のアシストの貢献度はゴールをした人と同レベルと思っている。

オランダ戦の二点目のフリーキックで、本田がキックを装って遠藤に蹴らせた戦法は各国でやる一種のトリック戦法だ。ある記事には遠藤が、「今度は俺がけるわ」とさらりといったとある。しかし、TVで「本田が遠藤に栄誉を譲った」と賞賛した解説者がいたし、確かに本田自身のそのようなコメントを見た記憶もあるが、短時間にお互いにどんなやりとりが合ったにせよ、この際は敵を巻く作戦が二人の気持ちの流れの中で上手く組み立てられたのだろう。そして遠藤は助走を極端に短くしてデンマーク選手の防御姿勢をくらまし、ボールは彼らの作った壁の外側を抜けて小さく曲がりゴール右端に突き刺さった。日本チームの飛び上がったガッツポーズは印象的だった。

もう一つ守備の要、ゴールキーパーの反射神経と勝負勘も勝敗を左右すると思った。今回の川島は初舞台だったというが立派に職責を果たしたと思う。本田に次ぐ貢献者といえるのではなかろうか。他の試合でも各国のゴールキーパーの活躍が映像で輝いていたことを思い出す。

一つの疑問は、結構審判にも主観があるのかイエローカードなどの出し方や、ファールの判断にもばらつきがあって、運不運もあったと思うが、これは審判のあるスポーツ共通のことかもしれない。おそらく各チームとも各審判の癖を読んで上手く戦っているのだろう。

筆者には中立な立場で試合を楽しむもう一つの要素もある。一つのボールを求めてグランド一杯に展開される両チーム選手の動きは、あたかも一匹の獲物を狙う豹の群れがシステム的に編隊を組みながら、アフリカの草原を駆け回る映像にも見えるし、華麗な織物が強風に流されるような芸術的な映像にも思えるのだ。両チームのユニフォームが、大体は反対色になっているので緑の大地を含めた三色の錦絵は鮮やかだ。

岡田ジャパンは明日夜、日本代表として初めてベスト8入りに挑戦することになったが、対戦する南米のパラグアイもなかなかの強豪。世界ランキングも日本より上だし、過去の対戦成績も一勝二敗三引き分けで分が悪い。予選の戦法に徹し全力を出し切って欲しい。

〔二〇一〇年六月二八日〕

二〇一〇年W杯（II）・残酷なPK戦

二〇一〇年、サッカーW杯戦はトーナメント一回戦で惜しくもパラグアイにPK戦で敗れた。二九日二三時からの生中継だったので、翌朝二時頃まで興奮しながら観戦した。

お互いにチャンスを潰し合った互角の戦いだったが、素人目にも個人技の点では相手が一枚上と感じた。スピードにも差があったし、ボールの保持率はパラグアイが六〇パーセント以上と報じていた。解説者がたびたび「一度奪ったボールを失わないことが大事なんだが」と不満気に話していたが、力というか技術の差があるので上手くいかないのだから、そういう願望は解説にはならないと思う。「見たところ差がありそうだから、これこれ、こういう戦術で対抗すべきではないか」というような説明があってしかるべきだと感じた。それがプロの解説ではなかろうか。

しかし、とにかく前半、後半の延長計三〇分を含め、一二〇分の死闘を果たして〇対〇。お互いに力を出し切ったのではなかろうか。最後のＰＫ戦となり、確率の高い駒野が失敗してしまい、敗戦が決まった瞬間に、彼は責任を感じて泣き崩れて立ち上がれなかった。すぐに彼を仲間が抱き起こして慰め、岡田監督が近寄って彼の肩を抱きかかえる光景には感動した。

試合は決して彼一人の責任ではなく、一二〇分戦ったチームの総力が少し足らなかったということだと思うし、それこそあそこまでやった上の敗戦には不運もあったといえよう。

敗戦直後に岡田監督は、「選手に勝たせてやりたかった。私の力不足」と謙虚にコメントした。敗軍の将として当然の発言と分かっていても、まったくわざとらしくなく爽やかな感じがした。各選手もインタビューに応じていたが、全員が南アにきて予選から毎回格上相手との対戦だったが、アウエイで初めて予選突破でベスト16に残れたし、トーナメント第一回戦をＰＫ戦で敗れたとはいえ、〇対〇で頑張れたことで、ベスト8を逃した無念さはあるが、一方で「やることはやった。悔いはない」という達成感が込められていたようだった。さすがに駒野の映像は気の毒で画面では見られなかった。

すべてのメディアは大興奮で「よくやった。ありがとう」の賞賛の声一色だったが、確かに選手たちのグラウンドでの運動量が、参加三二チームの中で二位だったという高さが示すように、選手たちは体格、体力の限界まで頑張ったと思うし、技術的にも戦いを重ねるにつれて洗練されてきたように感じられた。カメルーンとの初戦での勝利が、気分的にも大きく影響したと思う。

帰国後、チームとしてのインタビューでも岡田監督は、「選手たちは日本人の魂を持って戦った。選手たちに誇りを思う。もう一度戦わせたかった」と選手を労《ねぎら》い、殊勲者本田は「後ろで皆が守ってくれたから心おきなく攻められた。しかし正直いって達成感というよりも残念だったと思う」とホンネをもらしたが、それは選手たちの正直な気持ちだろう。

南アに渡って一度もグラウンドに出られなかった選手も何人かいたが、彼らは口を揃えてプレーした選手たちのサポートに努力したといっていたし、今後もこのチームでもっとやりたいと感動を述べて、待機選手を含めチーム一丸になって団結してきたことを強調していたが、私たちファンにもよく伝わっていたように思う。

敗戦後関空で、初めてマイクを持った駒野は「失敗の直後は呆然としたが、仲間がお前一人の責任ではない。上を向け」と慰められありがたかった。五番目のキッカー予定だった闘莉王からは、「『俺が蹴っても外したかもしれないんだ』と声をかけられた」と落ち着いて話したのには救われた。これらチーム一体になっていたことを示す言動は数多く書き尽くせない。

出発に成田で見送ったファンが時刻の関係もあってか、一〇〇人以下だったのに対し、帰国を凱旋チームとして迎えたファンが四〇〇〇人という数字は、このW杯大会がいかに国民を喜ばせたかを物語っている。

しかし冷静に事を観察できる立場にある外国からは、イギリスの「各人がポジションをよく守った」と誉める言葉もあるが、フランスのように「日本・パラグアイ戦は退屈な試合だった」と切り捨てるなど評価はまちまちだった。確かにゴール周りのシュートのスリルは他の試合に比し迫力不足に感じられた。

今回は世界ランキングで劣勢にあり、しかも大会直前に最悪の戦績、非難囂々《ごうごう》の中での大会突入となったが、大方の予想に反して善戦の連続でファンの感動を誘ったし、各メディアは適切な言葉ではないが、一斉にヨイショしたので国民は一層明るい爽やかな気分に浸れたことは確かだ。たゞサッカーの世界はすでに選手の国際交流が徹底している。他国以上に知恵を絞り他国と異質の努力をしないとランキングアップに繋がらないと思う。それには日本人の体質、体力に適した日本的システムを編み出す必要があると思うし、やはり個人の技術レベルの向上と、選手自身たちが自省している決断の早さの修得がポイントではなかろうか。

いかなるスポーツにおいても、各選手やチームは同じような努力をし、同じようなチームワークを念頭において頑張るはずだがその努力にかかわらず、上位入賞に勝ち残れるのは常に少数で他は涙を飲むのだ。それが競技の世界。

選手個人についてもブランド的な大選手中村俊輔は二〇数分グラウンドに出ただけでW杯は終わり、引退を宣言したが、不完全燃焼に終わったと思う。何人かの一度もグラウンドに出られなかった選手も、全員が先述したようにサポートに徹して一致団結したと自らのチームワークを誉め称える。しかし反面、プロとしては必ず悔しさを押し殺しての我慢の一面があったと思う。限られた選手数で戦うスポーツには常に付きまとう問題だが、その悔しさがまた待機組選手のレベルアップのバネになると思うし、それに耐えて乗り切る選手だけが大成していくということがスポーツばかりでなく、人生の競争社会の常だと思う。チームの善戦に沸き返る雰囲気の裏には、常に厳しい競争社会の姿があるのだ。メディアは第一線のスター選手ばかりでなく、逆境に曝《さら》されながらも挫けないで頑張っているグループや個人をもっと掘り起こしてファンに紹介する姿勢があってよいと思う。

前掲（I）の冒頭に、メディアは「勝てば官軍」式の報道だと批判めいた書き方をしたが、筆者自身、今回の文章をまとめながらその流れに少しはまった感じがしたので、最後に頭を冷やしたつもりで述べ締めくくりにする。

〔二〇一〇年七月三日〕

二〇一一年アジア杯優勝に天晴れ

一、はじめに

二〇一一年サッカー・アジア杯で日本チームの優勝は天晴れだった。チームの団結、リーダーの性格と適切な指導の成果といわれるが、何がどうだったのかについて少し考えてみた。

今回の優勝は単にサッカーで勝ったということでなく、組織活動のありかたとリーダーの指導性についていろいろ考えさせられたからだ。サッカーについて専門的、技術的情報はすでにマスコミで充分紹介されているので最小限にして、感じたことをまとめておく。

二、監督と選手の一体感

第一にいいたいことは、ザッケローニ監督（ザック監督と略記）が控えの選手を大事に教育し積極的に使ったということだ。今回のシリーズでは六試合で、選手二三人中二一人を起用している。彼らは監督の日常の言動から、控えにあってもそのうち使われるとモチベーションを高めて待機したという。おそらく監督の頭には、どこのポジションには誰と誰、というような図が描けられていたのだろう。

この雰囲気があったのでチームの協力体制が機能し、一丸になって戦えたということだろう。ザック監督自身も優勝直後全員の勝利といっていた。

優勝直後、藤本と内田はすでにチームを離れていた松井と槙野のユニフォームをそれぞれ着て観客席に向かったし、長友は怪我で退いた香川のユニフォームを握り締めて表彰式に臨んだという一幕があった。これにもチームの和の雰囲気が出ている。

オシム監督は失敗した選手を「お前はアマチュアだ」と厳しく叱咤したらしいが、ザック監督には選手が物をいえる雰囲気があったという。監督の性格と指導方針の問題で、どちらが正しいということではない。チームと監督のバランスというか組み合わせ、相性が絡む問題と思う。現チーム場合は結果を出したことから相性抜群だったと評価するのが妥当と思う。

三、総力戦の成果

南ア戦以来、日本チームは若手チームに衣替えが見られたが、ザック監督により示された大胆な選手の入れ替えについては、おそらく日本のサッカー協会や各チームには戸惑いや反論があったと思う。最終的によく監督の希望に協力して若い選手を集めたと思う。

ザック監督はイタリア名門チームの監督時代には、必ずしも成功していなかったといわれる。どうもヨーロッパの名門チームの選手たちは、それまでの実績の乏しい監督に従わないという慣習があるらしい。ちなみにザック監督は、日本選手は素直だと誉めているが、日本人の国民性か、あるいはまだ一流チームになりきっていないということなのだろうか？

もう一つ重要なことは、あまり本場で評価されていなかったザック監督を、多くの候補から選んだ協会もアジア杯優勝の大きな功労者ということだ。要するにサッカー協会及びスタッフから選手までの全員参加でのアジア杯優勝だったと思う。いわゆる総力戦に勝利したということだ。

企業でも組織でも、第一線の現場だけでなくトップから参謀やスタッフが形成する輪が強固でないと、繁栄しないということに通ずる。

四、実力の向上

いかにチームが団結し、相性のよい名監督を抱いても、実力が伴わなければ勝てないのは当然だが、現チームは技術面でも上達があったのだ。確かに以前に比べて素人の筆者にも試合中のボールの保持率とか、走り方などに進歩が感じられていた。接戦にも耐えるようになったし、今回も何度か逆転で勝利を摑んでいる。確かに変わっていたと感じるのだ。

さらにトーナメントに入った各チームの中でシュート成功率は一七・九パーセントでトップということが、まさに優勝チームに相応しい数字を示している。

ちなみに二位はバーレンの一五・八パーセント、三位はヨルダンの一五・六パーセントだった。

五、信頼関係

優勝に絡めて多くの情報が流れたが、監督の采配、選手との信頼関係を示す具体例の中で、私が感じた点に触れておこう。

まず選手交代がことごとく成功した。サウジ戦で松井から岡崎へ、カタール戦で内田から伊野波、そして極めつけはオーストラリア戦での前田から李の起用など。このあたりは監督のカンというか、力といえるのかもしれない。

決勝戦のクライマックスは、まさにドラマなので少し詳しく残そう。

延長戦後半、監督はオーストラリアの高さに押されてきたので、藤本を下げて、上背のある岩政を投入し、今野を一列上げようと考えたが、プレー中の選手たちが、足を痛めていた今野は接触に不安があり、「長友をサイドバックから左MFにしろ」と監督に投げ返し、監督は選手の意見を採用したという。

プレーしながらいろいろな信号で監督に意見を出すことは、サッカーで日常茶飯事かどうかはまったく知らなかったので、筆者には非常に興味がある情報だった。同時に待ったなしの修羅場で、選手が監督に物をいって監督がそれを受け入れた両者の人間関係に感動した。ただ、この意見が成功に繋がったから両者の信頼感がクローズアップされるが、逆の結果になっていたら監督の権威を問われることにならないのだろうか。今でも微妙な感情が走る。

その長友、スタミナのあった長友が、やや疲れたオーストラリア選手の先に走ったので途中で起用された李をマークしていたオーストラリアDFが、長友の直接シュートを警戒して李から離れ、李が一瞬フリーになった。それを見越して李へ長友からのクロス。李はトラップせずに直接シュートして見事ゴール。素人にも分かる攻撃のお手本のようなシーンだった。長友は李の左足のシュートを予想して、クロスをスライス気味に蹴ったといわれる。筆者には、あの瞬間にそこまでコントロールするかと驚きだ。

オーストラリアのオジェック監督は、「試合を通して唯一の位置取りのミスが罰せられた」と肩を落としたという。じつはその前に同じように長友は左を走り岡崎にクロスを放ったが、その時の岡崎のヘッディングは惜しくも右に反れた。ヒーローになるチャンスを逸した岡崎としては痛恨の極みだったろう。

ザック監督と選手との信頼関係を示したもう一例を示す。オーストラリア戦で本田は後半に勝利をもぎ取るはずのPKに失敗した。しかし両チーム延長でも勝負がつかずに遂にPK戦になった時、監督は重要な第一キッカーにその本田を選んだのだ。本田は責任を感じ選手生命をかける覚悟で蹴ったと思う。見事ゴール！　二人の信頼感はさらに磨かれたことだろう。

最後にキーパー川島の活躍も忘れられない。特に韓国とのPK戦での完璧な防御、オーストラリア戦での一二〇分では、何回かの大ピンチを救った。MVPに本田が選ばれたが、全般的な活動を評価されたのだろうがやや疑問があった。運動量抜群でリーグを勝ち抜き、決勝戦で優勝に絡むクロスを放った長友か、守備を固めた川島にやりたい気持ちだった。本田も「僕というよりもチームで貰ったもの。チームメート、スタッフに捧げたい」と、やや面映い表情だった。

五、おわりに

これで日本チームの世界ランクはアップするだろう。だが六戦のうち楽勝は一勝だけということは、ひょっとした弾みで逆の敗戦もありえたということだ。言い換えれば、各チーム実力は伯仲だったと思う。今後、世界各国も日本に注目して作戦を立てる。これからの戦いは決して甘くない。

各選手たちは所属する世界各国のチームに復帰するため地球上の各地に散った。それぞれのチームで、日本人選手として実績を上げて日本サッカーのレベルを示し、また日本チーム結成に当たってはそれらの力を結集して、さらなる成果に繋げて欲しい。この優勝は日本国民のサッカー熱を一層かき立てることになるだろう。

〔二〇一一年二月二日〕

スポーツを楽しむ〔四―その他の競技〕

県対抗駅伝の栃木県優勝を喜ぶ

二〇一一年一月二三日の県対抗駅伝で栃木が見事優勝した。今年は有望との下馬評はあったが、正直いってまさか優勝とは予想しなかった。箱根駅伝の勇者宇賀地の誇らしげなテープ切りに県民として喜びが止まらなかった。

一区で八木沢が区間賞で繋ぎ、四区では予定選手の急病で急遽選抜された塩谷も、天晴れ区間賞を達成した。彼にとってはまさに人生の運を彩る一齣だったと思う。現在は各種の県対抗競技があるが、県として国体以外で優勝したのは初めてではなかろうか。選手・関係者の努力を称えるとともに県民として大いに誇りたい。

最近は小中学生の学力や体力のほか、医療システムの優劣、各種産業関連資料など県別の序列がたびたび公表される。ともすれば県民性が控えめで知名度も低い栃木県という喜べない評判が影響するはずはないが、なぜか目立たない順位が多い。
我が栃木県は苺、干瓢《かんぴょう》では日本一、農業県として見られがちだが、光学器械など日本一の産業をも有する工業県でもある。県別でも一人当たりでもＧＤＰは全国屈指の豊かさを誇るし、日光・那須に代表される大自然にも恵まれた県なのだ。今回の優勝を引き金にして、県当局も県民もあらゆる領域で積極性に活動し、栃木の素晴らしさを大いにＰＲしようではありませんか。

〔二〇一一年一月二九日〕

二〇一〇年バンクーバー五論について

競技の成績はいろいろな情報で流れているので、ここでは視点を変えて眺めてみた。

一、開会式

開会式は北京五輪に似た先住民族の歓喜溢れる乱舞で始まった。北京五輪では漢民族少年少女の偽装演技だったが、今回は生の先住民族の躍動があった。バンクーバーは筆者の現役時代にたびたび訪問したが、カナダ人が「米豪と違って先住民族と上手くやっている」といっていたことを想い出す。

聖火第一号ランナーとして車椅子の障害者が選ばれた。感動的な光景だった。開会式の直前にルージュの選手が事故死という悲惨な事件があり、役員が黒ネクタイで挨拶をして一同黙禱を捧げる場面もあったが、その場面で黙禱せずに目をキョロキョロさせる日本選手が映し出された。いただけない。

二、日韓の格差とスポーツ振興の重さ

日本は銀三、銅二を獲得。メディアでは甘い予想が多かったが、私の予想通りだった。日本よりも、人口もGNPも少ない韓国が金六、銀八、銅二で大差が出たことはなぜだろう。もちろん国からの補助金の差も影響しただろうが（日本二七億円、韓国は一二〇億円、金一〇のドイツは二五〇億円）、問題は金額だけではなく深い理由がありそうだ。

韓国で八〇年代にスケート選手だった全明奎（現協会副会長）は、日大に留学して技術を習得して帰国、九〇年代から指導者として活躍した。

スケートに重点指向し、ショートとスピードスケートの両リンクと合同合宿設備を持つ設備を設け、技術移転を念頭において五輪に臨んだという。

一方、金メダルには兵役免除の「飴」も用意している。その構想が実ったのか五〇〇メートルで男女の金を独占、ショートトラックでは金二、銀二、銅四に輝いたが、その源には日本への留学を含む戦略的な計画があったのだ。

我が国のスキーの分野では学生選手が減少していて世代交代が進まない。今回もベテラン葛西に頼るしかなかったがメダル〇だった。野球やゴルフの場合、プロへの挑戦が成功率は厳しいものの将来の人生設計を含めた夢となるが、スキーの場合はそれがない。今の時代の有望選手育成には設備環境や技術指導だけでなく、彼らの人生設計への指南まで絡んでくるとなると非常に重い課題といえる。

もちろん我が国でも、スポーツセンターで一年間スケートを楽しめる設備をもつ名古屋がスケートの優秀選手を輩出したり、フィギュア専用リンクの整備をして代表選手を育てた大学もあり、小都市常呂で多くのカーリング選手が育つなどの設備の貢献例もあるが、一部にとどまる。スキー学校に学ぶ月謝は五万円でその他、年数十万はかかるというから普通の親では負担に耐えられない。

スポーツ関連予算は微増したものの、事業仕分けでＪＯＣへの国庫補助金が減額され、有望な若手を育てるエリートアカデミーが全額カットされたという厳しい政策が現実の姿だ。国も家庭も財政が厳しく難題だ。

三、カナダ協会の知恵

モーグルはスピードと型の両面で評価されるが、コースの長さと傾斜は開催国が規定の範囲で設定できる。今回は距離が長く傾斜が緩いコースにされ、大柄で体重のある選手が有利になり、上村がメダルを逸した一つの理由といわれる。確かに上村のスピードの遅さは金銀の二人とは素人にも分かる格差があった。

里谷はそのことを知ってか猛スピードで滑降した。残念ながらバランスを崩して転倒したが、あのスピードで上手くゴールすればメダルに届いたかもしれない。私は里谷の挑戦に拍手した。

メダルに拘ったカナダはカーリングについても知恵を働かせている。石の滑りを特に大きくする独特のカナダの氷を敷いたという。もちろん各国とも同じ条件で競技するのだから条件は同じとはいえるが、自国の氷の性質に馴染《なじ》んでいる選手に有利ということは確かだ。メダル獲得には協会スタッフの知恵・深謀遠慮が絡むことを示した例と思う。

四、リスク管理

フィギアの織田の靴紐破断。演技後、涙の会見となった。紐の異常を認めていたが交換は感触を変えるとの判断で、くくっただけで演技に入ったとのことだった。ちなみに銅に輝いた高橋は前夜に新しい紐に取り替えている。事故はいつ起きるか予見できない。危険性が少しでもあれば除去して臨むのがリスク管理。それは工場の安全管理と同じだ。織田の認識は甘かったといえる。父親が「イチローのように道具を大事にして注意していれば」と残念がったことが記事になっていた。

もっと次元の低いミスもあった。事業仕分けで補助金減額となったリュージュとスケルトンで、選手が規定を超える重りを装着したり、規定合格のステッカーをはがして失格となっている。ほとんど報道もされなかったがあまりにも不注意だった。選手ばかりでなく周りの指導者にも責任がある。彼らの四年の努力はなんだったのだろう。

五、団体競技は日本のお家芸

女子スケートの三〇〇〇メートルパシュートで日本は女子として始めて銀を取った。この競技では、滑走中の風の抵抗を三人でバランスよく分かち合うために先頭をたびたび交代するが、交代時のスピード調整技術の妙が個人の力のほかに要求される。ゴール直前の周まで約一秒リードしていたので、リンクで声をかけるコーチも金を信じたのではなかろうか。残念だった。

実は日本人は陸上の四〇〇メートルリレー、水泳の四〇〇、八〇〇メートルリレーなどに強い。陸上ではバトンタッチ、水泳でも次泳者への引き継ぎ時の技術がポイントだが日本選手は得意だ。個人のレベルに加えてチームとしての総合力を必要とするこれらの団体戦に適しているといえる。今後も団体戦を日本のお家芸にして頑張って欲しい。

六、トラブル

人為的な珍しいトラブルがあった。スケートの長距離、五〇〇〇メートルを制したクラマーが世界記録を持つ一万メートル競技で、二五周のうち一七周目にコーチのミスでインコースからまたインに滑り失格した。選手本人はおかしいと思ったが、コーチを信頼してコースを急変換したといっていた。

失格後、帽子をリンクに投げつけて怒りを表わしたが、その気持ちは分かる。彼の場合、それまで五〇〇〇メートルで金メダルをとっており、その競技でも五輪新のラップを刻んでいて、ダブル金を狙っていただけに残念さは一入《ひとしお》だったろう。競技の後でリンクに正座して彼に謝るコーチの姿が映像に流れたが、なんともやるせない光景だった。

設備管理のトラブルがあった。スケートの五〇〇メートル競技中に製氷機が故障し、長時間スタートが遅れた。タイトな競技服を着ているので長く待つと血液の循環が悪くなるし、足ばかりでなく体が冷えてまともに滑れないという。

あいにく、その事件に遭遇した加藤は不運だったといえる。そのためか一走目は記録にならなかったが、二走目で頑張って銅メダルを手にしたことを褒めたい。あのアクシデントなかりせば、メダルももっと輝いた色のものになったかもしれないが、タラレバの話と片付けられない気がする。設備管理者の大きなミスだった。

七、スケートの評価点

女子フィギュアで浅田が銀。素人目には三回転半をショートで一回、フリーで二回成功させた浅田の評価点が低すぎたように思う。女子では世界最初の快挙だったのに。

フィギュアは採点競技なので採点基準がある。現在の基準は最難度の演技への挑戦よりも、平均難度の演技を完全にこなす方が有利になっていて、アジアや北米は完成度を評価し、欧州は技術を評価する伝統といわれている。浅田の場合、ジャッジは一人の韓国人で、七人は欧州だから戦前は浅田有利をいわれていたが、結果はなぜか逆だった。

男子で銀になったロシアのプルシェンコも四回転を何度かこなしたが、三回転を完全にマスターした米国に金を取られた。彼は現採点法に不満だった。彼は浅田や四回転に挑戦した高橋にも褒《ほ》めたコメントを出したが、ハイレベルの挑戦者として採点者への不満をぶつけたものと思える。じつは採点競技ではこの問題は何度か話題になっている。以前に体操でも新荒技に挑戦する日本選手よりも、まずまずの技術を完全にこなすロシア選手が、金に輝いた時代があった。

現在の柔道でも一本勝ちに拘るよりも、小技の積み重ねでポイントを稼ぐ選手が恵まれる感じもする。そのあたりは選手も監督も十分知った上で戦うのが採点競技と割り切るしかないと思う。

八、日本選手に甘い解説

日本のマスコミには腑に落ちない伝統がある。それは、解説者は毎回楽観的な解説をするということだ。

モーグルの上村。メダルを期待されたが残念ながらも、トリノの五位から一つ上がって四位で終わったが、本来ワールドカップで優勝したことはあるものの、世界ランクは六位だったことを冷静に考えれば四位も実力相当といえる。まして金候補と持て囃《はや》し過ぎだったメディアの態度に疑問を感じていた。

スケートの解説。たとえば出足が遅れたら、「彼は後半が強いから力を温存した」。スタートに成功すればそれはそれで「大成功」、コースを大回りになったら大回りはスピードがつくからオーケー、うまく小回りできたら、コーナーワークうまくタイム上ベスト、などなど必ず甘い姿勢で解説する。聞いていてウンザリする。

スキーの複合競技でも、前半に離されたら「後半に強いからその作戦だろう。期待できるよ。先行したらスタートに成功、このまま逃げ切るでしょう」。素人でもできそうな解説だった。

スキージャンプ。解説者は日本勢がノーマルで不調だった時に、日本選手はラージヒルが得意だからと期待するといっていた。しかし、結果は葛西だけが満足できるジャンプだったし、その葛西も成功は二回目だけで、メダルに届かず入賞がやっとだった。

日本人として贔屓《ひいき》したい気持ちはあるが、毎回のことだからなんとかならないか。

ジャンプ競技は風に影響されるなど運が付きもの。しかしスイス人アマンは、ノーマルとラージ両方金を取ったし、前回を含め四連勝という。彼の時だけ適当な向かい風が吹いたとは考えられないからやはり実力の差だろう。彼の技術の凄さを一つ。それは踏み切りの場所の調節だ。踏み切り台の先端にシューズがきた時に膝を伸びきるのが一番パワーを伝えられるので、先端から三〇センチの幅でそれができるかどうかがポイントだ。アマンとマリシュはぴたりその調節ができていたが、他の選手たちは大体一メートルのずれがあったという。

ただスタート場所は最も飛長距離のある選手が一四〇メートル跳ぶに相当する助走距離に設定されるので、その他の選手にとっては助走距離が短くなり、ジャンプ時の速度が低いためにその調節がしにくいともいう。となると最強の選手にベストの条件を与えているようにも思えるのだが、怪我を避けるには仕方がないのだろうか。

とにかく、ノーマルとラージの金銀銅はまったく同じ選手。アマンは優勝の本命と噂されながら、そのプレッシャーを問題にしない圧勝だった。実力への自信か精神力か。

オーストラリアは団体で圧勝。インスブリッツ近郊シュタムスに国立スキー学校（創立四〇年）は、一〇代前半から一貫教育。若手とベテランが競う環境ができている。

二〇〇五年から世界選手権と五輪すべて優勝。立派としかいえない。

九、選手の服装

國母のトレッドヘアにずり下ろしたズボン姿が話題になり糾弾された。私服での渡航ならまだ許されるが、ユニフォーム着用だからユニフォームらしい身だしなみが望まれて当然と思う。成田で仲間やリーダーの誰も注意しなかったことがおかしい。選手団がユニフォームについてその程度の感覚だったということは正直残念だった。

カナダ到着後、謝罪の会見があったが（確か二回）、國母選手の応対はいかにも幼稚で、これが大学生かと失望した。隣の指導者の言葉を受け売りしていた。ちょうど数年前に料亭吉兆の御曹司が、隣席の母親からいわれるままに応えていた光景を思い出したが、今時の若者の一面なのだろうか。

スノーボードでは子供時代からプロとなった世界的な選手だが、残念ながら社会人としては成長していないと感じた。しかしまだ若い。これからも競技を磨き続けながら、社会人としての常識を勉強して欲しいが、スポーツ選手の指導についてはスポーツの技術面でなく、一人の社会人としての指導も当然配慮すべきだと思う。ただ一般の感覚では、選手自身でその面の普通の成長があるはずだが、そうならない環境があるとすればスポーツ界全般に関係する課題といえる。

彼のために一つ弁護すれば、元来スノーボードの競技のウェア自体がズボンをずり下げたスタイルだから、それを一般社会で目にさらすことにまったく抵抗を感じなくなっているのかも知れない。しかしこの弁護も社会を知らなすぎる、甘すぎるといえるだろう。

一〇、勝敗へのメンタル面の影響（カーリングとペアスケート）

序盤にはカーリングの放映が多く、筆者もようやくゲームのルールを熟知し、興味深く楽しんだ。技術もさることながら、かなり頭脳を働かせ、しかもメンタルな面が作用する面白いゲームと思った。

序盤は接戦を切り抜けたので予選突破を期待されたが、後半には疲れが出たのかミスが出始めた。責任を感じてか、役割分担を変更したが敗戦のストレスが溜まったのか坂道を転げるように崩れた。負け始めた時に切り返すしぶとさがなかったように思う。英国に勝った時が、ピークで力を出し切ったのか、ドイツ、スイス、スエーデンに対しては別チームのような脆さが出た。美人の乙女たちの敗戦の涙がたびたび放映されたが、再度挑戦して欲しい。

女子カーリングの世界ランキングは九位だ。ここでもメダル候補と持て囃し過ぎではなかったか。モーグルの上村同様、彼女たちには気の毒だった。もっと冷静に応援していれば、もう少し上に行けたかもしれないと思う。

欧米チームのリーダーは三五～四〇歳のベテランが担当している。しかしチーム青森は、全員二〇歳代。この経験の差がものをいったのだろうか。メンタル面の弱さが勝敗を分けた感じがした。

メンタル面の影響については、スケートのペア競技でも感じた。ロシア国籍を取った日本女性が（体重三七キロという）、華麗な演技でメダルに期待がかかっていた。男性が放り投げて女性が四回転する荒技に挑戦して練習を重ねてきて本番で挑戦する予定だったが、演技直前にコーチから安全を期せと三回転を指示され、若い彼女として気持ちの整理ができないまま、その三回転までもミスして、その後も崩れメダルを逸した。

結果論だが四と三、どちらがよかったのだろう。これはコーチのミスと思う。三回転に変更するなら直前でなく、少なくとも前日に指導すべきではなかったか。

ちなみにロシアとしてペアの連勝記録を断ったこととなったし、男子シングルのプルシェンコも銀に終わり、ロシアにとっては屈辱的な五輪結果となった。大統領がお冠《かんむり》で監督辞任となったが、そこまでやるのかという感じはするがロシアにとっては大事件だったのだろう。ちなみに今年（二〇一〇年）の世界選手権で彼女のペアは金メダルに輝いて雪辱を果たした。

種々感じたことはあったが、数々のドラマを演じたバンクーバー五輪は幕を閉じた。選手たちも協会も、それぞれの立場で悲喜交々《こもごも》の中にも、いくつかの反省点はあったと思うが、四年後（二〇一四年）のソチに向けてすでにスタートされているのでしょう。大いに期待しよう。

〔二〇一〇年三月六日〕

エッセイ散歩みち

上海の日蝕ツアー

「キャー、ハー」。七月二二日九時三六分、上海の金山海浜で数千名の群集の大歓声。海辺は世界各地からの皆既日蝕体験者に溢れ国際交流の場と化していた。筆者もその一人として上海に飛んでいたのだ。

主役の太陽は八時半頃欠け始め、九九パーセントまで欠けた時はまだ薄雲を縫っていたので、決定的瞬間に大いに胸をときめかしたが、「ああ神よ!」、なんと一〇〇パーセントに到達する直前に極薄の新月姿の太陽は雲隠れ。その時の嘆きの大合唱だった。まさに数秒の違いだった。

直後に辺りはスーッと闇に包まれたが、皆既日蝕の天空ドラマは恨めしくも雲上で演じられたはずで、黒装束の太陽と夢に見たコロナは遂に私たちに姿を見せないまま暗闇は約五分半継続した。と、急速な「夜明け」、ほどなく太陽は皮肉にも逆新月姿をみせたのだ。私たちは神を恨んだ。

確かに完璧主義は現実的でないし、巷には「人生はままならぬ」という言い古された言葉があるが、実社会では概していえば八〇点取れれば道が開ける。しかし、こと日蝕の場合は九九点（パーセント）でも、七〇点（パーセント）と同類で意味がない。なぜならコロナは一〇〇点（パーセント）、皆既に達して初めて見られる特異な現象だからだ。

今回、黒い太陽とコロナを見られなかったのは残念の一語に尽きる。ただ、わずか数秒で昼間が暗に転じ、五分半後、数秒で再び昼間の明に回復した数奇な天然現象の神秘に感動したことはせめてもの慰めで、一生忘れられないだろう。もう一つの有名な観測地、悪石島では暴風雨で観測どころでなく避難させられたらしいが、ここ上海では巨大な観測撮影器具を持ち込んだ多くの人には気の毒だが、筆者にとってはまずは貴重な初体験だった。

今回はまったくの個人旅行で上海仕立ての日蝕観測ツアーへの参加だった。日蝕以外は自由行動で時間に余裕があったので二日間、街をタクシーでなく地下鉄を利用して散策してみた。昨年の訪問時と趣向を変えて貧民街の散策などはせずに繁華街、商店街や歩行者天国などでの市民の行動や服装を観察したが、ひと言でいえば、中国市民の明るさと生活への満足度が感じられたといえる。

何度か地下鉄に乗ったが、必ず若い男女が席を譲ってくれる。そんなに老いぼれて見られるのかと喜べない面もあるが、日本ではあまり経験がない。以前に韓国でも同じ経験をしたが、両国とも日本と違って（と言いたくなる）敬老の教育が浸透しているのだろう。また、日本で見られるような車中での若者の携帯操作風景や、背広の青壮年が少年向けの劇画誌に読み耽る姿もなかった（日本の車中風景は異常と思う）。

一方、地下道にはまだ物乞いがいたり、車内では違法（と思う）な物売りの横行などに格差社会を感じるし、国政レベルでは自由の制限や少数民族の弾圧など問題点は多々あるが、この国の強大な核武装を含む軍備、年率八パーセントの経済成長を合わせ考えると、十数億の国民の総合エネルギーは驚異的なレベルにあると思う。国として時代とともに少しでも自由な環境に目覚めてくるならば、将来あらゆる面で我が国に大きな脅威になって立ちはだかるのではなかろうか。

空港から上海市街まではリニアモーターが走っている。ドイツのメッサーシュミット社のシステムだ。わずか七分の道程だが、最高時速はなんと時速四三〇キロ。軌道わきの諸物体は、まさに吹っ飛んでいた。

我が国では東京〜名古屋間を四〇分で結ぶ計画が進行中だが、あの状態で四〇分走ると眩暈《めまい》を訴える乗客も出るのではなかろうか。もちろん物珍しさや抜群のスピード感はあったが、常用される交通機関としては決して快適とはいえるものではないと感じた。

さて、次の日本での皆既日蝕は二六年後の二〇三五年九月二日に地元北関東で見られる。私の歳ではまず無理だろう。

〔二〇〇九年九月一六日〕

全国学力テストは全員参加に意義がある

全国学力テストは、平成一九（二〇〇七）年に四三年ぶりに再開されたが、鳩山政権は支持母体の日教組の反対を受けて経費削減という錦の御旗で抽出式に縮小した。

しかし今回のテストには抽出された一万校のほか、一万四千校が参加した。関係者の関心というか意欲の大きさを物語る。過去に好成績だった秋田県など一一県が全校参加の一〇〇パーセントだったし、逆に成績が悪かった高知県も一〇〇パーセントだった。

しかし、校数の多い愛知県や神奈川県の参加が少なく三〇パーセントを切ったのが目立った。結局、県別の抽出率になぜか一五～五七パーセントの幅があったし、自主参加を含めても二五～一〇〇パーセントと大きな差があった。

元来、全国一律参加で学力を検証し、そのデータを各自治体で活用したり、国として教育のありかたを検討する意義があったと思うので、県別のばらばらな抽出式では正確性に疑問がある。

もし経費削減だけをねらうなら、抽出方式よりも二～三年に一回にしてでも全員参加の方が目的に適《かな》うと思う。

一方、日教組の主張する競争からの回避がホンネなら、それは教育思想としておかしい。なぜなら教育の世界にも一般社会常識として競争があって当然だからだ。

〔二〇一〇年三月六日〕

「はやぶさ」の地球帰還に感動

「はやぶさ」の地球帰還は久しぶりに明るいニュースだった。地球から三億キロメートル離れた長径六〇〇メートルの小惑星イトカワに二回着陸し、四六億年前の地球の誕生の謎を秘める砂を持ち帰る可能性。月以外の天体を往復して地球に帰還したのは、世界初の快挙であり、事業仕分けで有名になった言葉「世界第二位」ではとうてい成就できない技術だ。

今回の航行では予想外のトラブルが頻発したが、そのつど奇抜な防御策を施していた若い技術屋たちが辛抱強く対応して見事解決し、結果、四年の予定が七年に延びたが見事帰還を果たした。総航行距離はなんと六〇億キロメートルに達し、これは世界記録という（二〇〇三年五月～二〇一〇年六月）。

素晴らしいミッションを終えた「はやぶさ」が、大気圏で燃え尽きる一条の光跡はまさに感動的だった。「はやぶさ」を宇宙に運んだMVロケットの開発に関連した想い出を持つ技術者（筆者）としての喜びは一入《ひとしお》だったが、当事者たちの達成観の大きさは想像できない。

今回のプロジェクト成功の第一の要因は、新しい推進装置のイオンエンジンの開発だったと思う。イオンエンジンとは一種の電気推進エンジンで、アルゴン、キセノンなどを燃料とし、それをイオン化して後方に噴出して進む（今回はキセノン使用）。化学燃料に比べて燃比がよく長時間の運転が可能で、推進力は小さいが宇宙空間での惑星探査に期待されているが、今回その性能を実証された意義は大きい。

次に各新聞情報に報道されたロケットのトラブルを紹介しておこう。

まずイトカワ着陸時に横倒しになりなんとか上手く立ち上がれたが、燃料漏れで姿勢制御ができなくなり、あの広大な宇宙空間で迷子になってしまった。換言すれば行方不明になったのだ。太陽電池に光が入れば修復するという考えで、地球から電波で指令を発し続けたというが、何しろ電波の往復に三〇分かかる距離。担当者の悩みは想像に絶するものがあったと思う。

しかし、奇跡的に一・五ヵ月後に「はやぶさ」からの電波が受信され、その時の当事者の感激が多くの記事になっていた。そこでまず姿勢制御が優先だが、それにはイオンエンジンの燃料に相当するキセノンガスを飛行目的外の使用で消費して成功した。

二〇〇九年一一月にはそれまでの長い航行のため、予備を含めて四基あったイオンエンジンも次々に故障し二基になっていたが、そのうちの一基が異常停止した。残りの一基では推進力が足りずに地球に戻れない。そこで思案の結果、故障したエンジン二基から生き残った部品を組み合わせて一基のエンジンの機能を持たせることに成功した。もちろんこれらの修理もすべて電波の信号でやり遂げたのだ。

このケースを想定して関連部品を装着していたのは幹部の指示でなく、若い技術者の自発的な発想という。なんと素晴らしい感性！

要するにたび重なるトラブルの克服は単なる神頼みでなく、技術に裏付けられた高度のリスク管理の徹底だったと思う。交信に往復三〇分かけながら、高度の技術を駆使したチームの団結と協調、「諦めない粘り強さ」も成功の要因と思う。こうして「はやぶさ」は絶望的な状況をたびたび乗り越え、不死鳥のように飛び続けたのだった。

しかし、脚光を浴びたJAXAにも最近は予算削減の連続ばかりか、解体論まであったのが我が国の科学技術政策だ。

「はやぶさ」二号の予算についていえば、自民党政権時代も過去一〇年で二〇パーセント減額されて一七億円になっていたが、鳩山政権になって五〇〇〇億円に劇的な削減があり、前回の事業仕分けでさらに三〇〇〇億円にまで減らされていた。今回の輝かしい成功を見て遅まきながらやっと、その見直しがささやかれるようになったのはいいことだが、政府は、このような高次元の基礎研究がベースにあって初めてそれを土壌にした生活に直結する応用研究が開花するということを充分に認識すべきだし、メディアもそれに協力して市民への広報に努めるべきではなかろうか。それが技術立国のあるべき姿だろう。

また、あまり報道はされないが、この卓越した宇宙開発の技術は我が国の潜在的な軍事力を海外に示した意義も大きい。

「はやぶさ」万歳！

〔二〇一〇年六月一七日〕

「はやぶさ」の快挙を再度喜ぶとともに「あかつき」の失敗を悔やむ

「はやぶさ」関係者が表彰された。おめでとう。快挙の中味はすでに多くの人が知っている通りだが、直近の報道では回収されたカプセルから新たに〇・一～〇・〇一ミリのより大きな微粒子が数百個見つかったようで（これまでは〇・〇〇一ミリ程度の微粒子約一五〇〇個といわれてきた）、今後の分析と解析によって太陽系の起源や地球誕生の謎が解かれると期待されている。ここのところ暗さばかりの現在に明るいロマンを与えてくれた。

この成功は川口リーダーの指導性はもちろん、集団全員の執念と団結の賜物だが、ある程度のトラブルを想定してロケットに対策を施していた若手グループの先見性（じつはリーダーはそこまで知らなかったという）にも脱帽したい。高度の危機管理教育が徹底されていたということだろう。

今回の報道で初めて知ったが、開発に参画した約一〇〇社のうち三分の一が中小企業ということだ。特に超耐熱カプセルを一五年かけて完成したのは、社員四名の小企業ということに驚いた。国は技術日本の将来を見据えて、ハイテクの完成は大企業だけでなくこれら中小企業にも支えられるという構図をしっかり認識して、制度・資金面の支援システムを整備すべきだし、技術系学生にはいたずらに大企業の安定よりも鋭い技術に挑戦する意識を望みたい。

今回の大成功でこの技術領域については「二番では駄目なのですか」という技術を冒瀆《ぼうとく》す

るような仕分けは消えて、第二次の「はやぶさ」プロジェクトも前向きに扱われるといわれている。大変結構なことだ。

しかし、今回の成功はまさに神がかりのトラブル対策が上手くいったためで、毎回この種の綱渡りが成功するとは限らない。仮に逆の結果に終わっていたら「最高級の困難さを克服できなかったのは残念だった」と惜しまれるが、一方で第二次「はやぶさ」を含め、この領域のプロジェクトは「市民の生活にはいつ、どんなメリットがあるのか。この緊急時代にそこまで挑戦するのは無駄遣いではないか」と冷たく仕分けされたのではなかろうか。

人間社会では「勝てば官軍」の思想が大手を振る。企業では「技術開発も結果評価だ」と、具体的な結果の見えにくいアイテムを切る場合があることを否定しないが、国として技術政策を重視するのなら、長期的な視野に立ってハイテクの成功率の低さを充分理解した上で何度か挑戦の場を与える度量が必要と思う。

「はやぶさ」を宇宙に運んだHⅡロケットも、開発当初は何度か失敗があり、政府からもマスコミからも厳しく批判された。国産を止めて外国ロケットを使えという声もあったのだ。さすがに政府も国の面子をかけたし、国の安全保障にも関係するので国産に拘ったが、開発関係者の強固な主張と並々ならぬ努力があって、今や成功率や価格を総合し国際的競争力のある宇宙ロケットの立場を築けたのだ。HⅡロケット発射の成功率の高さは、国の潜在的な防衛力を示す情報として重要な意義もある。

今年（二〇一〇年）五月に発射された「あかつき」が一二月七日に金星周辺に到着した。金星から五〇〇〇～八万キロメートル離れた楕円軌道に入り、金星に関するいくつかの謎や疑問点を明かす情報を次々に地球に送る計画だったが、軌道に入るための減速用の逆噴射が短時間（予定時間の二〇パーセント）で停止したため、軌道に乗れず失敗した。プロジェクトの全員は「はやぶさ」プロジェクトに負けない努力を積み重ねてきたと思うが、女神の微笑みに接することができなかった。

極めて残念なことだが、一発勝負のハイテクには時としてありうることと思う。

「あかつき」は宇宙の彼方に消え去るのでなく、六年後に金星に再接近するのでその時に再度、軌道調整に挑戦するというが、接近といっても今回の五〇〇キロメートルに対し三七〇万キロメートルだから桁違いの差がある。軌道修正でできるだけ近づける考えというが限度はあろう。尚、設計寿命は二年だが充分余力を持たせたし、逆噴射燃料も八〇パーセント残っているから作業は可能という。こうなった以上、プロジェクトメンバーは最善を尽くし、死にもの狂いで少しでも成果を狙う貪欲さで行動して欲しい。

ただ一九九八年の火星探索に次ぎ惑星探索で二度連続での失敗は、何か基本的な「落とし穴」を見出す必要を示唆しているように思う。

〔二〇一〇年一二月八日〕

海老蔵事件についてTV局の対応に「喝」

市川海老蔵が酒の上で喧嘩になり大怪我をして入院、手術して退院。最初は被害者のごとき雰囲気で相手に逮捕状が出された。海老蔵は記者会見で、捜査中という理由で曖昧な発言もあったが、一〇〇パーセント被害者の立場を主張していた。

しかし相手も負傷していて、その担当医は記者会見をする海老蔵を見て相手の方が重傷といっている。そこまで身元がはっきりしているのに警察は逮捕にしない。示談が潜行しているのだろうか。そもそも予定した記者会見を体調不良という理由でキャンセルして飲みに出たのだ。本人は「体調が戻ったから出かけた」というが、予定の行動だったのではないか。有名歌舞伎役者としての自覚の欠如が、この事件の遠因だと思う。甘さだ。

しかし、ここでいいたいのは海老蔵へ「喝」はもちろんだが、もう一つTV局への「喝」だ。

結論としては「この報道はこのくらいで充分。いい加減にしてくれ」といいたい。海老蔵は歌舞伎役者では将来人間国宝になるくらいの鬼才かもしれないが、今回の不祥事は単なる街のチンピラの酒飲みの上の喧嘩と同類ではないか。仮にまだ明白にされてない深い事情があるにせよ、要は酒飲みの喧嘩に過ぎない。何時何分にどうしたとか、どこをどう走ったとかは、もうどうでもいいではないか。

たまたまスイッチを入れたら、彼の記者会見の話し方をコンピュータ解析して、ホンネかどうかを判断する場面が映されたので馬鹿らしくてチャンネルを切り替えたら、そこもまた海老蔵だった。すぐスイッチを切った。その後も何度も何度も、同じ記者会見での謝罪の場面が各局で映し出された。一回で充分だ。もちろん何パーセントかの人には興味があるのかもしれないが、多くの人はそろそろいい加減にしてくれという気持ちではなかろうか。

ちょうど「あかつき」の残念な失敗の情報があった時だったので、その関連を取り上げるのもいいし、相変わらず政治のごたごたでも海老蔵事件よりはましだろう。

昨年に起きた酒井法子の覚醒剤事件の時にも同様の感想を持ったが、とにかくTV局は有名人のこの種の低次元の事件については、もっと冷たく見放す態度になれないのだろうか。

〔二〇一〇年一二月一〇日〕

二〇一一年初頭にひと言

あけましておめでとうございます。

お雑煮を食べながら気ままに頭に浮かんだことをアットランダムにいくつか述べて二〇一一年のスタートの言葉にします。

いくつかの地方で豪雪の被害が出ていたが、関東地方は好転に恵まれ、予想以上に気温も高く凌ぎやすかった。メディア情報では後半には景気も株価も回復するとの記事が多かったが、昨年も同じような予測が流れたように記憶している。

国のGDP、業界別の景気、株価や為替レートの予測はいろいろな節目に各局や各紙で多くの経済人や評論家が論ずるが、年末にその結果とのずれについての個人評価を見聞したことはない（どこかのネットでやっているかもしれないが）。プロ野球についてチームの戦績の順位予想について評論家の結果評価を見るが、経済領域ではタブーなのだろうか。今年こそはメディアの予測どおりに世の中が流れて欲しいものだ。

一、昨年を代表する漢字について

昨年を代表する漢字に「暑」が選ばれた。確かに何十年来の猛暑にはウンザリしたものだが、国全体を象徴する字としては疑問があった。年を代表する字という場合には「暑かった」という体感でなく、国民の「気持ちを代表する字」を選びたいからだ。

もっとも何人かの国民の投票の結果ということは、国民の大多数は世の中の矛盾とか悩みや生活の苦しさよりも暑さが第一で、なんだかんだ不満はいっても毎日の生活はなんとかやっているという証しかもしれない。

筆者としては国として国民としては残念だが、マイナスイメージに塗り込められた年だったから、「失」「弱」「滅」「恥」「減」というような漢字が頭に浮かんだ。今年こそは政治面、経済面でもプラスに転換させたいものだ。そして年末の年の漢字として「跳」「翔」「興」「繁」などの勢いのある漢字が選ばれることを願いたい。

二、菅首相の年頭所感

四日に菅首相の念頭の挨拶とマスコミとの質疑応答が放映された。「開国元年」「最小不幸国を目指す」「不条理を正す」という三点を理念として話された。念頭挨拶は意義があるものの一つのセレモニーだからやむをえないかもしれないが、抽象的であまり迫力はなく感動もなかった。なぜか会見は、年々時間が一〇分ずつ短縮されて今年は三〇分だったという。

質問にはかなり具体的なものもあったが、回答は抽象的で本来なら二の矢で追及したいところだが、それはなかった。まあ「いわれっぱなし」という感じだった。セレモニーだから仕方がなかろう。

まず開国については「TPPに参加しながら農業も守る」といった。その通りだが、いかに実行するかが問題。

最小不幸社会については「消費税を含む税制を夏までに抜本的に見直して社会保障の財源を明確にする」といったが、消費税については確か以前には年明けには方向を明言するといっていたから、半年遅らせたことになる。毎度の先送りだが今度は信用してよいのだろうか。要するに、社会保障財源は節約だけでは無理で国民に痛みを強いなければならないことをいかに説得するかだ。

不条理排除は小沢氏のカネを対象にしたと思うが、小沢氏の扱いについては「裁判に専念するなら議員辞職を含め自分で出処進退を考えよ」と排除を明確にした。所感の中で唯一明快な発言だった。支持率のアップを狙ったものだろう。

沖縄の記者から「日米合意で辺野古に基地を移転することは、米軍基地の沖縄偏在という不条理のままではないか。どう正すのか」と質問されたが、抽象論で「日米合意の中で基地が沖縄に偏在するのは日本全体で考えるべきだ。沖縄の負担軽減には積極的に取り組む」と答えた。これでは従来語られてきた内容で、具体的には何も進展がないことを示したに過ぎない。何よりも質問に対する解答になっていない。

解散については「解散の『か』の字も頭にない」と強く否定したが、首相として当然の回答だろう。今の時点で質問する方もずれている。「まあ念のため聞いておけ」と軽い気持ちだったのだろう。

通常国会前の内閣改造については含みを持たせた発言だった。野党は仙谷、馬渕両氏の退任がなければ審議拒否なので、予算成立のためにはなんらかの対応をとるだろう。単純な交代でなく面子を保った型を考えているのではなかろうか。

三、なんとかならないか

民主党は党に綱領がないとよく批判されるが、右から左までの雑居世帯だから例えば憲法改正、集団自衛権、皇室典範、消費税などについても、一本にまとめられない。

菅首相は議会を切り抜けるためか、まず社民党に声をかけ、「福島女史がぶちきれない」ように長年検討してきた武器輸出禁止三原則の見直しを引っ込めたが、結局彼女に袖にされ、次にはまっく正反対の政治スタンスの「たち上がれ日本」に愁波を送ったりしたがあまりにも見苦しい。党としてのバックボーンはどこにあるのか。

二大政党、政権交代の実現で一時は国民にある程度期待を持たせたが、ここのところの民主党政権の内政外交の失態続きで国民はまったく呆れ果てている。一方、これを攻める立場の野党もいかにも権威がなく、国民はなんとかしてくれと大声で叫んでいるのが実情だろう。

筆者はこの状態でしばらく民主党政権が続くなら早晩世論が騒ぎ、解散の国民運動に繋がって総選挙になるのではないかと思っている。小沢氏も与党の陰の実力者でありながら選挙を口にしている。

国民は今回、ムード的な政権交代では政治は決して改善されないことを呆れるほどに実感した。次の選挙には今まで以上に慎重に党と人を選ぶことになるだろう。

〔二〇一一年一月五日〕

＊武器輸出禁止三原則
元来は、武器を共産国、紛争国、国連が武器輸出を禁止している国に輸出することを禁じる規則だが、その他に国防に必須な最新鋭武器の国際的な共同開発への参画も禁止している。

気になる日本語（二〇一一年）

一、はじめに

常用漢字が追加されたが、普段使い慣れた漢字が今まで登録されていなかったことに驚いている。憂鬱の「鬱《うつ》」とか、語彙の「彙《い》」はこれまで読めてもなかなか書きにくい字なので、「さもありなん」の感じだが、我が栃木県の「栃」や岡山の「岡」のほか、虎、熊、鹿なども登録外だったのは意外だった。

さて、ここ数年に亘りコラム集出版に際して、各巻の末尾で必ず「気になる日本語」について触れてきた。

今回は新しく気になり始めた言葉でなく再登場が多い。

二、「すごい」の流行

毎回登場するが、小学生女子上級から中年まで万遍なく多用している。すでにこれ以上広まらないピークにあるだろう。「程度が並々でない」、「異常な」という意味の形容詞は、すでに各辞書に収録されているが、近年は「すごい綺麗」、「スッゴイ美味しい」のように副詞的な使用が多く、どうしても私には抵抗がある。ただ専門家もすでに観念して、この副詞的用法を認知の状況にあるらしい。

一つの救いがあるのは、TV放映でタレントが「すごい綺麗だった」と喋った時に、テロップではほとんどの場合「すごく綺麗だった」と本来の副詞の表現に訂正している点だ。TV界では、副詞的用法をまだ認めていないのだろうか。

最近は、その形容詞的用法や副詞的用法にも、何か乱れがあるように感じる。実例をいくつか上げよう。

●卓球石川（女子）「私が負けてもチームが勝ったからいいとスゴイ言ってもらった」。大勢の人にたびたびいってもらった、ということなのだろうか。

●TVレポーター「駆けつけたら火が出ていた。スゴイタイミングでしたね」。これは形容詞の用法だが、なんとなく抵抗感あり。

●女子タレントへ質問「毎日食べてるの」、「すごく食べてます」。副詞的用法だが「すごくたくさん――」の省略か？

●APEC直前の横浜市内の街頭で若い女性「警備がすごい居ていただいているので安心で

す」。大勢の意味だろう。

それと文法的にどう解釈してよいか分からない使い方もたびたび耳に入る。

実例を上げるので読者自身で味わって下さい。
●女子スポーツ選手「小さい時からすごい（ここで息をつく）、世界一になる夢だったので……」。このすごいは？

三、スポーツマンの「楽しむ」の乱用が政治家にも波及
「楽しむ」は、「すごい」と双璧の気になる日本語だ。特にスポーツ選手のインタビューで目立つ。英語ではエンジョイが相当するのだろうが、じつは外人選手にもそのエンジョイの多用が目立つのだ。グローバルな現象なのだろうか。と思っていたら将棋のプロから政治家までも使っていた。

フィギアの安藤は「楽しい」の連発嬢だが、モーグルで名前は忘れたが女子入賞者も入賞後、「楽しく終わった」とインタビューで答えていた。女子フィギアでは解説者も「真央ちゃんはやることはやった。今後も楽しんで滑って欲しい」とエール。ただ敗者に対してまでも「次回には楽しめる五輪を目指せ」など、「楽しみ」という言葉を使うのはどうか。

スポーツといえども多額の税金を使って国の代表として闘うのだから、そんなに「楽しんで」もらうばかりでは困るし、野球でもゴルフでもどんなスポーツでも、観客やファンが楽しむのは当然だが、選手が同じ意味で楽しんでいては勝てないと思う。

要するに本来の「愉快な」とか「嬉しい」という感情でなく「何か緊張して挑戦し、それ

を達成した達成感の爽快さ」を表現しているように感じる。しかしそういう解説は、辞書にはまだ収録されていない。いくつかの実例を挙げるが皆さんどう感じますか。

●サッカー本田、カメルーン戦の前日「明日は楽しんでプレイします。楽しまなければ意味がない」

●再度、本田、初戦オランダに負けた翌日「デンマーク戦は初戦同様楽しみたい」。初戦には負けて楽しんだということか？

●南アの金メダル選手（男性か女性かで疑われていた）「今後は疑惑と闘うことをエンジョイします」。決して楽しいはずはないと思うのだが。

●将棋の久保（王将、棋王）、羽生名人に負けた時「負けても将棋を指せなくはならない。楽しめばいい」

●フィギアスケート高橋、大試合の前に「今年練習したこと全てを大事にして楽しみたい」しかし政治家が使うと何か軽い感じがして、「オイオイ大丈夫なのか」と不安にかられる。

●鳩山前首相が国連へのデビュー後の会見で発言。「国連の行事を終えて楽しかった」。なんともおかしい使用だ。不謹慎にも感じる。

四、「よろしいでしょうか」

控えめな日本人の性癖がなせる言葉か。当然やらなくてはならないことについても「そうしてください。お願いします」でなく、「そうしていただいてよろしいでしょうか」とくる。

●例えば銀行で書類に捺印する場合に「ここに捺印をお願いしてよろしいでしょうか」

一度、意地悪承知で「イヤといったらどうするのですか」と質問をしたら、女子銀行員はキョトンとしていた。

●電話口。カード使用で品物を発注する時に必ず「カードの番号お聞きしてよろしいでしょうか」とくる。なぜ素直に「番号をお聞きします」といわないのだろう。

なぜ、こういう卑屈な日本語が流行《はや》っているのだろう。いろいろな職場で女子社員の日本語にどんな教育をしているのだろうか。「よろしいでしょうか」を勧めているのだろうか。素直に「お願いします」といって欲しい。

五、「させていただきます」

「相手の許可を得て自分が恩恵を受ける」のが本来の用法だ。例えば面会の許可を得た人がその部屋に入る時に「入らせていただきます」というのは正しい。しかし日本人の控えめな国民性からか、断定的な表現を嫌う雰囲気が多くの場面での「させていただく」の流行に繋がったと分析されている。政治家、芸能人、市民、学者など全てが多用している。

●一般市民「それでは、これから○○会を始めさせていただきます」、「ご挨拶をさせていただきます」

●歌手「それでは思い出の歌を歌わせていただきます」。さらにいえば、「歌わさせていただきます」もある。

●菅首相が予算委員会で「TTPにつきましては、今日の閣議で方針を決定させていただきました」

●某議員が予算委員会で「これで私の質問を終わらさせていただきます」

●厚生省のワクチン関係者「今年は○○万人分準備させていただきましたので、大丈夫です」。「準備しましたので」で充分ではないか。

興味があったのは最近、某新聞がこの「させていただく」について意外にも抵抗を感じない人が半数いると報じていたことだ。それも意外にも年寄りに使用賛成派が多いということだ。意見は真っ二つで「嫌いな言葉のNO1だ」という人もいれば（私はこのグループ）、「昔から使っている。どこがおかしいのか」と擁護する人もいる。

言葉とは不思議なものだ。

六、「替えさせていただきます」

「させていただきます」と同類語。ほとんどの会合や、儀式の挨拶で聞かれる定番の日本語。「簡単ではございますが、これで○○のご挨拶に替えさせていただきます」。なぜ「ご挨拶を終わります」。「ご挨拶の終わりにします」ではいけないのだろう。

「大事なご挨拶なのに、粗末な挨拶になってしまったので失礼ですが、これで替わりにしますからお許しください」というお詫びの言葉だろう。しかしご本人はお詫びの気持ちはさらさらなく、シャーシャーした顔でそういっている。

単にこれが普通の言葉と思って使っているだけだと思う。私は意識して、この言葉は使わないように気をつけている。

七、戦略という言葉

もともと軍事的な策略のことだ。戦争で自国が有利になるように密かに練る計画だから、もちろん相手をだます謀略も含まれる。戦略には、相手の利益も考える互恵などありえない。日中の戦略的互恵関係など真面目に考えると、何を目論むというのかわけが分からない。具体的にどう考えどう行動することなのだろう。筆者は「表面はお互いの利益を考えようといいながら、裏では自国の利益を図ることではないか」と思っている。

戦略は戦争以外でも政治・社会活動の領域で、主要なライバルに対応して味方の体制を整備することを指す。要するにここでも「敵」への対応に関することだ。

この言葉は筆者の現役時代にもよく使われたし、今でもビジネスの社会で流行っていると思う。「戦略がない」、「戦略的でない」などは他を批判する場合の決まり文句だ。戦略という表現は何か次元が高く、哲学的な思想が含まれるような錯覚を与えるのだ。

しかし批判した側の計画も、言葉で戦略といっても内容は次元の低い戦術に過ぎない場面が、現場では繰り返されているのではなかろうか。乱用が目立ちすぎる感じがしてならない。

ナンセンスに感じるのは、よくゴルフコースの紹介で○○プロの設計された「戦略的なコース」、「戦略に富んだコース」という説明だ。要する簡単にいえば「難しいコース、距離は短いが頭を使ってクラブ選択を図ったり、打ち方を考えねばならない個性的なコース」ということだろう。戦略という言葉が泣いていると思う。

八、「よろしくおねがいします」

複数の人で何かを始めようとする場合、必ずお互いに交換する日本語だ。TVの討論会とか、面談は必ず司会者のこの言葉で始まり、相手や参加者も同じこの言葉を返して始まる。別に気嫌いするわけではないが、毎回便利というか万能な日本語ではないかと思っている。

外人との集まりで外国語にどう翻訳するか難しいので、大体は「レッツスタート」か、「レッツゴー」で済ませたが、それで充分通用したようだった。何人かの通訳に聞いたが明確な翻訳は聞かれなかった。

いろいろ勝手な感想を述べたが、このくらいにして、今回は嫌いな言葉で締めてみよう。

「今年の『気になる日本語』を終わらさせていただきますがよろしいでしょうか」

〔二〇一〇年一二年五日〕

あとがき

素人にとって出版は大仕事ですが、完成した時の喜びは一入《ひとしお》です。本書は八冊目になりますが、自分に対して「よく頑張ったな」と誉めてやりたい気持ちになります。大体隔年ペースで進んできましたが、これからは加齢が急速に進むと予測されますのでいつまで続けられるでしょうか。

多くの人と接することで情感に栄養をつけ、各種の情報を貪欲に漁って脳細胞を活性化し、そしてたまにはゴルフを楽しんで健康を維持する。それに気持ちが逸《はや》れば海外に飛ぶ。これらを自然体でこなしながら、できる範囲で挑戦したいと思っています。

東日本大震災の後処理は、原発の放射能問題を含めてまだ見通しがはっきりしません。一日も早く復興が軌道に乗ることを願いながらこのあとがきを認《したた》めています。

最後に、五八年の長い間支えてくれた妻へ感謝の気持ちで本書を贈りたいと思っています。

平成二三年盛夏

傘寿を楽しみつつ　著者

【著者紹介】
篠原昌史（しのはら・まさし）
1929年、栃木県壬生町生まれ
1953年、東京大学工学部卒
1996年、元日本油脂株式会社　専務取締役を退任
趣味：写真、囲碁、旅行、ゴルフ
著書：『ブラボー!! 古稀の旅三昧』（近代文芸社）『昭和一桁の徒然草』（元就出版社）『Sくんの気ままにコラム』（文芸社）『魅惑の国トルコ紀行・大陸オーストラリア駆け歩る記』（元就出版社）『Sくんのコラム漫遊①』（下野新聞社）『Sくんのコラム漫遊②』（下野新聞社）『Sくんのコラム漫遊③』（下野新聞社）

真・保守宣言　Sくんのコラム漫遊④

平成23年9月19日　第1刷発行

著者　篠原昌史
発行人　浜　正史
発行所　株式会社　元就《げんしゅう》出版社
〒171-0022 東京都豊島区南池袋4-20-9
サンロードビル2F-B
電話　03-3986-7736 FAX 03-3987-2580
振替　00120-3-31078
装幀　純谷祥一
印刷所　中央精版印刷株式会社

※乱丁本・落丁本はお取り替えいたします。

ISBN978-4-86106-203-2　C0095

篠原昌史　著

戦中戦後を駆け抜けた

昭和一桁の徒然草

時代を越えた思考の軌跡

幼き頃に生母と死別し、新しい母を迎えて四年後、戦争で父を失うという不幸に遭った一技術者が、自らの来し方と生き様をチョッピリ遊び心を効かせながら綴るユニークなライフ・エッセイ。

■定価一四七〇円

篠原昌史　著

魅惑の国トルコ紀行　大陸オーストラリア駆け歩る記

古代トルコの歴史、特に紀元前一〇〇〇年から約二〇〇〇年、エフェスで繰り広げられたハイレベルの文化生活、厳しい宗教規則の時代にカッパドキアの自然を活用して地下都市を構築し、厳しい隠遁生活を生き抜いてきたキリスト教信者の意志に痛く感動。

オーストラリアではパースの美しさと巨大なエアズロック、ブルーマウンテンの大自然に驚嘆、見聞した原住民アボリヂニの悲惨な歴史も強烈な印象。

■定価一四七〇円